LE MASQUE
Collection de romans d'aventures
créée par
ALBERT PIGASSE

Le Guetteur

Née en 1951, Béatrice Nicodème a longtemps exercé le métier de maquettiste avant de se consacrer pleinement à l'écriture. Après quelques romans policiers de facture relativement classique, elle s'est très rapidement orientée vers des intrigues plus psychologiques chargées d'atmosphère, dans lesquelles elle aime à faire resurgir des drames enfouis dans le passé. Elle est également l'auteur d'une série historique, dans la collection Labyrinthes, mettant en scène Éléonore de Kerruis, une jeune femme plongée dans la tourmente révolutionnaire.
Elle est très appréciée enfin par les jeunes lecteurs, pour qui elle a notamment, avec les aventures de Wiggins, recréé avec bonheur l'univers de Sherlock Holmes.

Béatrice Nicodème

Le Guetteur

LIBRAIRIE DES CHAMPS-ELYSÉES

DU MEME AUTEUR

COLLECTION LABYRINTHES

Les Loups de la Terreur
La Mort du Loup blanc
Le Chacal rouge
La Conspiration de l'Hermine

EN GRAND FORMAT

La Tentation du Silence
La Mort au doux visage

COLLECTION LE MASQUE

Mauvaise Rencontre

« There was something magical about an island.
The mere word suggested fantasy.
You lost touch with the world.
An island was a world of its own.
A world, perhaps, from which
you might never return. »
(Agatha Christie. *Ten Little Niggers*)

(Le seul mot *île* possède une vertu magique
et évoque en votre esprit toutes sortes de fantaisies.
En y abordant, on perd tout contact
avec le reste de l'univers.
Une île représente à elle seule tout un monde.
Un monde d'où, peut-être, on ne revient jamais.)
(Agatha Christie. *Dix petits nègres*)

PROLOGUE

Il y a six jours qu'Alexis attend cet instant. Six jours que, ouvrant un programme de télévision, il a appris que cet homme allait venir parler de son livre. Qu'il allait enfin voir son visage.

Il vérifie que rien ne manque sur le plateau : salade de poulet, pain, serviette, verre... Il débouche une bouteille de bordeaux pour l'occasion. Puis il éteint la lumière et tire les volets avec soin. Il n'aime pas voir la nuit tomber.

Il allume le poste, monte le son et se love dans le canapé.

Sur l'écran, une armada de créatures moulées dans des jupes de cuir noir vantent les qualités d'un produit nettoyant. Elles sont bientôt remplacées par un lapin qui se pourlèche devant une boîte de conserve, puis par un abbé se cachant dans un placard de sacristie pour déguster des raviolis.

Enfin le générique de l'émission se déroule, et Alexis boit une grande rasade de vin. Les yeux de l'animateur se matérialisent progressivement entre les pages d'un livre ouvert, puis le livre se referme et un travelling balaie le plateau. Les écrivains sont présentés les uns après les autres. Certains esquissent un sourire crispé, d'autres regardent les téléspectateurs dans les yeux d'un air engageant.

Romain Gauthier est le dernier. Mais il n'y a, de sa part, ni sourire ni clin d'œil engageant.

Car on ne voit pas le visage de Romain Gauthier.

Il a exigé, comme condition de son passage à cette émission, d'être isolé dans un studio où lui seraient transmis questions et commentaires, et de n'apparaître à l'écran qu'en ombre chinoise. C'est ce qu'explique l'animateur, qui ajoute :

— Romain Gauthier nous a gratifiés de la plus belle œuvre de l'année. J'aurais cédé à des caprices beaucoup plus extravagants pour le bonheur de vous le présenter ! Après tout, un écrivain a-t-il d'autre devoir que celui d'écrire ? Tout ce qu'il donne de surcroît est pure générosité...

Générosité ! Ce mot déclenche chez Alexis un sourire crispé.

L'émission débute enfin. Comme il fallait s'y attendre, on a réservé l'auteur mystérieux pour la fin. Alexis a le temps de dîner en paix. Il profite de ce qu'une virago, dont la voix siffle comme une cocotte minute, tente de régler son compte à un académicien débonnaire, pour reporter son plateau à la cuisine. En passant devant la cheminée, il s'empare d'un paquet de cigarettes et de son briquet.

Bien qu'aucune lueur ne filtre plus à travers les fentes des volets, il n'allume pas la lampe. Il ne veut pas que quoi que ce soit puisse le distraire du rectangle luminescent qui projette sur la moquette des ombres dansantes, comme des flammes exsangues. Puis soudain tout s'assombrit : une silhouette noire vient de remplir l'écran.

Le visage d'Alexis se fige. Il aspire la fumée à s'en brûler la gorge.

Romain Gauthier est là, Romain Gauthier parle. Cette voix profonde et un peu rauque venue des entrailles fait frissonner Alexis. Il ne la connaît pas, il ne l'a jamais entendue. Il ne pourrait se tromper, en revanche, sur ce crâne parfait à la nuque presque émouvante. C'est bien là l'homme qu'il a vu, un soir de pluie, attendant Élise à la porte de son école de danse. C'est bien cette silhouette qui s'est fondue alors avec celle de son amie. Il n'a pas oublié le visage qui, s'étant tourné un instant, lui est apparu dans toute sa beauté. Il n'a pas oublié le regard à l'éclat presque insoutenable qui l'a transpercé d'une intuition fulgurante : cet être allait détruire Élise, la dévorer comme la flamme d'un chalumeau.

Revoir l'homme a fait ressurgir ce souvenir, comme une douleur oubliée. Alexis sait maintenant que la pensée qui rampe au fond de lui depuis la mort d'Élise ne lui laissera pas de paix, qu'elle grandira en lui, qu'elle l'envahira comme un dragon dont il devra couper les têtes une à une. Est-il armé pour ce combat ?

Oublie cet homme. Oublie Élise. Le passé dégage toujours une odeur de pourriture.

C'est la voix de la sécurité, Alexis le sait. Mais une autre voix le pousse à partir en quête de cet homme, à regarder le monstre en face. Pour connaître, enfin, la vérité.

Romain Gauthier a-t-il tué Élise ?

PREMIÈRE PARTIE

L'ATTENTE

1

Le soleil venait de se lever. La mer ondulait, indifférente au souffle qui commençait à animer la terre, aux mille petits signes annonçant son réveil : un brusque froissement dans les arbres et l'envol d'un oiseau, le parfum sucré qui montait des bruyères, les trottinements incessants dans les buissons.

Un goéland surgi de l'horizon vint se poser sur le pignon de la maison, la tête animée de saccades, poussant de petits cris.

De l'endroit où se tenait Romain Gauthier, la maison lui apparaissait exactement telle qu'autrefois lorsqu'il remontait de la plage, traînant une pelle qui rythmait sa marche en résonnant sur les pierres du chemin. Le soleil lui martelait la tête, les insectes emplissaient l'air de leur bourdonnement, sa mère lui faisait signe depuis la fenêtre du pignon et il lui répondait. Il était heureux, alors, et persuadé de le demeurer toute sa vie.

La maison appartenait aujourd'hui à un

vieil homme impotent qui n'y venait jamais. Pendant des années, Romain Gauthier avait multiplié les démarches pour tenter de la racheter, mais jamais le propriétaire ne s'était laissé fléchir. Lubie de vieillard, sans doute, à qui la possession d'une maison donnait l'illusion d'avoir encore un avenir... En désespoir de cause, Romain Gauthier avait fait l'acquisition du vieux fortin qui se trouvait quelque deux cents mètres plus bas.

Avant le drame, cela lui avait paru insupportable de ne pouvoir montrer à Élise, lorsqu'elle venait sur l'île, le lieu où il avait été heureux. Mais maintenant il se disait que c'était mieux ainsi. La maison, refermée sur le silence, garderait intacts entre ses murs les souvenirs du bonheur perdu.

Il accéléra le pas. À cette heure, quelque pêcheur désirant profiter de la marée basse pouvait surgir à tout moment. La journée serait chaude, il y aurait des baigneurs, des barques qui feraient le tour de l'île, tandis qu'il écrirait jusqu'au soir, terré dans son antre. Il avait hâte, maintenant, de se retrouver à l'abri du fortin.

Au moment d'en pousser la porte, il se retourna une dernière fois pour regarder la maison. Le soleil la faisait paraître d'une blancheur éblouissante, à tel point qu'il dut fermer les yeux.

Lorsqu'il les rouvrit, il comprit ce qui l'avait ébloui : la réverbération de la lumière sur les vitres du bow-window.

Stupéfait, il resta un long moment immobile, scrutant la maison, *sa* maison, avec effroi. Quelqu'un y avait pénétré et en avait ouvert tous les volets !

Cette découverte le remplit de fureur.

2

Marine sentait la brûlure du soleil sur sa peau, des milliers de petits picotements délicieusement douloureux. Elle leva ses paumes pour saisir la chaleur à pleines mains et avança lentement. Lorsque la brise se fit plus fraîche, elle sut qu'elle était au bord de la falaise. Elle s'allongea avec précaution, attentive aux petits bruits de claques et de succion de l'eau. Seul le frottement régulier d'une rame dans son tolet marquait l'écoulement du temps. Bientôt le grincement bascula dans un autre monde. Marine s'endormit.

Une ombre sur ses paupières la réveilla. Elle se redressa, le cœur battant, tournant de tous côtés ses yeux inutiles. Quelque chose glissa sur ses épaules, et elle retint son cri pour écouter. Écouter et sentir... Le relent presque animal était caractéristique. C'était Dédé qui s'enfuyait déjà, la respiration rauque. Cette présence furtive s'évanouissant dans le silence avait quelque chose d'inquiétant. L'adolescente se leva et marcha rapidement en direction du chemin.

À demi caché derrière un cupressus, Dédé la regardait. Le front couvert de transpiration, serrant convulsivement le châle qu'il avait pris à la jeune fille, il dévorait des yeux la silhouette agile qui glissait à la surface de l'herbe.

Lorsqu'elle passa à quelques mètres de lui, elle accéléra le pas, le visage tendu, aux aguets. Se pouvait-il qu'elle sentît sa présence ? Dédé resta figé jusqu'à ce que la silhouette se fût évanouie à l'horizon. Puis il bouchonna le châle, l'enfouit dans les profondeurs de sa veste de toile, et se remit en marche.

Cette nuit, il s'endormirait en respirant son parfum.

3

Le ciel et l'eau se confondaient. Par la meurtrière devant laquelle il avait placé sa table, Romain Gauthier ne percevait qu'un éblouissement bleuté saupoudré de paillettes d'argent. À l'intérieur, cependant, l'écrivain était obligé d'allumer une lampe et d'enfiler un pull, et ce contraste, loin d'être déplaisant, lui procurait un agréable sentiment de sécurité. Au loin, chaleur, lumière et vie ; autour de lui, obscurité et froid, mais aussi certitude de ne croiser aucun regard.

Renée Bloch, en effet, ne comptait pas. Entrée au service des parents Gauthier à la naissance de Romain, elle était retournée au pays dès qu'ils étaient morts. Lorsque l'écrivain avait dû quitter Paris pour se cacher, elle avait tout de suite accepté de travailler au fortin. Aux curieux, elle avait répondu sèchement que son patron était dépressif et ne voulait voir personne. Nul n'avait osé insister. Quant à s'approcher du fortin, personne ne s'y fût risqué. La présence d'André, le frère de Renée, eût suffi à décourager les plus audacieux.

André Bloch, dit Dédé, était chargé d'entretenir l'enchevêtrement sauvage de buissons qui entourait la vieille bâtisse, de couper le bois et d'alimenter les cheminées. Outre sa face aplatie, ses épaules aussi larges que le joug d'une charrue et ses jambes courtes aux mollets éléphantesques — les gamins prétendaient que voir les mollets d'André, lorsqu'il relevait son pantalon pour monter dans sa barque, portait bonheur —, le malheureux était affligé d'un strabisme et d'un bégaiement aussi impressionnants l'un que l'autre.

Entouré de ces deux êtres peu banals et de son chien, un énorme danois qui gardait l'entrée du fortin, Romain Gauthier ne redoutait aucune intrusion.

Il détourna les yeux de la meurtrière et se remit à écrire. Il ne s'agissait plus, cette fois, d'enrichir un manuscrit déjà esquissé : il fallait créer. L'isolement, sans doute, l'y aiderait...

M'y aurait aidé, rectifia-t-il en songeant avec exaspération à ce qu'il avait vu le matin même.

À l'heure du déjeuner, n'y tenant plus, il demanda à Renée si elle avait remarqué que les volets de la maison étaient ouverts. Elle rougit sans répondre, détourna les yeux, puis finit par bredouiller :

— Un Parisien l'a louée. Il s'appelle Alexis Lambert et il arrive dimanche.

— Elle n'était pourtant pas à louer ! Comment diable a-t-il réussi ?

— Il la voulait. Il a remué ciel et terre pour trouver le propriétaire. Lequel a accepté.

— C'est insensé ! éclata Romain Gauthier. Pourquoi a-t-il accepté de la louer à ce Parisien alors que moi... (Puis, avec un rire amer :) Eh bien nous allons avoir un nouveau voisin plutôt tenace, ce qui n'est pas très rassurant...

Renée hésita, puis expliqua :

— Il dessine des oiseaux. C'est pour ça que la maison l'intéressait. Le pignon donne droit en face de l'Île aux Oiseaux...

Et elle partit à la cuisine sans rien ajouter.

Lorsqu'elle vint desservir la table, cependant, elle lâcha d'une voix précipitée :

— C'est moi qui ai aéré les pièces et fait le ménage. Valait mieux ça qu'une commère du village...

Romain Gauthier fronça les sourcils. Pourquoi avait-on sollicité Renée pour ce travail ? Était-ce le locataire qui avait pris contact avec elle ?... Un illustrateur animalier ! On pouvait du moins espérer que ce genre d'homme aimait la solitude. Alexis Lambert devait être un ours, qui ne sortirait guère de chez lui et ne s'intéresserait pas à ses voisins. Mais il utiliserait sans doute un puissant télescope pour observer les espèces rares de l'Île aux Oiseaux. N'allait-il pas un jour lui prendre l'envie de le tourner vers le fortin ?

4

Lorsque l'île apparut entre ciel et mer, ses contours noyés dans la brume, Alexis sentit une bouffée de bonheur l'envahir. Il avait toujours rêvé d'un endroit comme celui-là, flottant entre deux mondes, où rien ne serait tout à fait réel. Quelle exaltation lorsqu'il avait réussi à découvrir le lieu où se terrait Romain Gauthier ! Il avait dû pour cela se faire admettre comme illustrateur chez l'éditeur de Gauthier, gagner la confiance de la secrétaire du directeur de collection, tacher comme par mégarde un des dessins qu'il apportait un soir, obtenir de rester tardivement dans les locaux pour réparer les dégâts et, seul dans les bureaux obscurs et silencieux, fouiller les fichiers pour découvrir l'adresse de l'écrivain.

Il ne regrettait pas ces mois d'efforts. Bientôt, il pénétrerait dans cette maison qu'il avait choisie pour sa proximité avec le fortin, qu'il avait eu tant de difficulté à obtenir de louer, où il allait passer il ne savait combien de temps. Il ne savait même pas précisément ce qu'il cherchait. Découvrir la vérité ? Venger Élise ?

Le bateau accosta, et Alexis posa le pied sur la jetée avec le sentiment de basculer dans une autre vie, au milieu des galopades des gamins et des ricanements des goélands. Une odeur d'iode et de poisson le prit à la gorge, il glissa sur le pavé humide et se retrouva face à une sorte de géant aux bras couverts de tatouages, au visage tavelé de taches de rousseur, qui lui tendait la main.

— Monsieur Lambert ?... Pochic. Vous aviez demandé quelqu'un pour transporter vos bagages.

Alexis posa ses valises pour serrer la main de cette espèce de Viking aux yeux transparents.

— Oh ! Eh bien... Voilà. J'ai aussi une petite cantine.

Le tout fut chargé en quelques minutes sur le tracteur de Pochic et le véhicule s'ébranla dans un vacarme infernal.

L'espace d'une centaine de mètres, après avoir gravi une côte un peu raide, on dévalait de l'autre côté au milieu des champs, loin de l'animation du petit port. Les maisons, pelotonnées derrière de vieux murs surmontés d'escallonias, se faisaient plus rares. Des moutons étaient posés çà et là comme des jouets.

Pochic donna un coup de volant et le tracteur obliqua sur une route qui descendait au milieu d'un enchevêtrement de végétation. L'homme tendit le bras vers la droite :

— Ce chemin, là, il va chez moi. Une ancienne conserverie de sardines. Facile à trouver : un grand bâtiment rouge. Si vous voulez du bois, je vous en livre demain. Ma femme, elle, fait les légumes et les fruits. Et des fleurs séchées. C'est pas que ça rapporte mais ça l'occupe.

La fin du trajet parut interminable à Alexis. Puis brusquement, au détour d'un virage, la maison apparut. Entourée de cupressus aux silhouettes fantastiques elle se détachait sur le ciel clair, surprenante par sa hauteur après les petites maisons basses.

Le tracteur stoppa et Pochic s'affaira, silencieux, à décharger les bagages. Alexis était paralysé, envahi par tant d'odeurs, de teintes et de formes. Par le sentiment que sa vie venait de basculer. Que les semaines, les mois peut-être, qu'il allait passer là feraient de lui un autre.

Cette sensation s'évanouit aussi vite qu'elle était apparue. Il descendit du tracteur, aida Pochic, le paya plus qu'il ne demandait, se mit d'accord avec lui pour la livraison du bois de chauffage.

Et il fut seul, enfin. Comme on le lui avait promis, il trouva la clé sous une pierre, contre la porte. Il prit une inspiration profonde et tourna la clé dans la serrure.

[illegible] le bras vers la [illegible]

— [illegible]. Une [illegible] [illegible]

La [illegible] [illegible] [illegible]

La maison occupée par Basil s'aligne [illegible]

[illegible]

Cette [illegible]

[illegible]

5

Tanguy Pesche nappa sa sole de beurre blanc et ouvrit une boîte de bière. Il avait vingt minutes pour dîner. C'était bien suffisant pour engloutir ce délectable menu. Il adorait marier le raffinement d'un plat de luxe et la jouissance brute de la bière.

Son dîner terminé, il s'empara d'une troisième boîte de bière et gravit lentement les marches étroites. Lorsqu'il arriva dans la chambre de veille, il était juste l'heure. D'ailleurs il n'y avait pour ainsi dire rien à faire, une fois lancée la machine de rotation. Quelle volupté était la sienne, lorsque le gros œil blanc s'allumait et se mettait à fouiller les lointains ! Il s'installait dans son fauteuil pivotant, faisait voyager son regard avec le rayon lumineux. Et il ricanait en pensant à tous les îliens qui rampaient à ras du sol, se croyant à l'abri derrière leurs murs. Tanguy Pesche ricanait encore en buvant sa bière à même la boîte, et de temps à autre il éructait avec bruit.

Puis il s'emparait de son télescope et il

commençait son inspection de l'île. Il braquait l'appareil sur les fenêtres éclairées et attendait qu'il se passe quelque chose d'amusant. Tiens ! L'instituteur avait une invitée ! Un peu maigre mais, ma foi, Pesche l'aurait bien fait grimper dans sa couchette... Ah, quelque chose d'intéressant, peut-être ! Qui donc se baladait à vélo à cette heure ? Pesche plissait l'œil, reconnaissait avec déception la tonsure à l'arrière du crâne : le docteur Malezieu. Un homme qui n'avait que d'honnêtes motifs pour sortir après le coucher du soleil. Aucun intérêt...

Il y avait trois ans maintenant que Tanguy Pesche était rentré de son errance en Thaïlande. Grâce à un oncle bien placé et à un certificat médical de complaisance, il avait obtenu cette sinécure : un phare à terre entièrement électrique, sur une île dont les deux gendarmes avaient oublié comment on dresse un procès-verbal. Cette vie lui convenait parfaitement : solitude, silence et pouvoir. Il restait des heures à épier le petit peuple besogneux. Lorsqu'il avait envie d'une femme, il convoquait Sylvie par téléphone. Un jeu d'enfant, depuis sa tour de guet, de s'assurer que le mari était en mer. Sylvie accourait, et il la mettait dehors dès qu'elle commençait à le saouler de paroles. C'était cela qui lui était insupportable chez les femmes, leur babillage incessant. Mais qui sait, peut-être un jour rencontrerait-il une muette aussi folle de son corps que Sylvie ?

En attendant, il voulait amasser un magot suffisant pour pouvoir se reposer le reste de cette foutue existence. Et pour cela, mieux valait être seul.

Tanguy Pesche tourna son télescope vers le sud-est. Le fortin et son mystérieux occupant... Les fenêtres étaient si petites que Pesche n'avait jamais pu voir le visage de cet individu qui faisait jaser le bon peuple. Suspect... Un ancien taulard sans doute, fuyant des complices qu'il avait roulés. Méfiance !

Le télescope pivota, effleura la cime des arbres.

— Sacré nom de bordel ! jura Pesche. Il engloutit une rasade de bière en s'étranglant et riva son œil à l'oculaire.

Deux des fenêtres de *la* maison étaient éclairées. Pesche nettoya la lentille en jurant, regarda à nouveau. Pas de doute ! Quelqu'un se trouvait dans la maison. Une personne qui ne se cachait pas, puisqu'elle allumait les lumières sans vergogne. La chose était extrêmement déplaisante. Pesche se promit d'étudier le problème avec soin.

[illegible] cherchait une minute assez folle de son corps [illegible] Sylvie.

En [illegible] voulut [illegible] un [illegible] pour pouvoir s'exposer le [illegible] de cette [illegible]. Et pour [illegible]

[illegible] de toute [illegible] [illegible]

[illegible] que [illegible]

[illegible]

[illegible]

[illegible] de la [illegible]

[illegible]

6

La maison, immense, résonnait comme une caverne. Alexis la parcourait d'un pas irrégulier, se précipitant vers une fenêtre, arpentant le salon avec lenteur, montant l'escalier sur la pointe des pieds, comme dans l'attente d'une réponse.

Les pièces étaient presque vides. Seule la cuisine ressemblait à celle d'une maison habitée : de nombreux placards, un vieux buffet, une grande table au bois éraflé. Une porte-fenêtre à la peinture écaillée, dont une vitre était fendue, était à demi obscurcie par un massif d'hortensias aux teintes fanées qui se pressaient derrière les carreaux. Il y avait une immense cheminée de pierre, et Alexis décida qu'il prendrait ses repas dans cette pièce.

Le salon était imposant avec ses lambris ouvragés et sa vaste cheminée de bois. Dans un des murs s'ouvrait une porte étroite par laquelle on pénétrait dans une pièce carrée aux murs tendus de tissu brun sombre. Sur la cheminée de marbre noir, un chandelier au pied tordu avait été oublié. Le plancher était noirci par endroits comme s'il avait été brûlé. Alexis détesta tout de suite cette pièce. Comme il la quittait, un peu nerveux, il entendit un petit rire provenant du premier étage et il se précipita hors du salon, le cœur battant. Il monta l'escalier avec précaution mais la maison était à nouveau silencieuse. Il oublia aussitôt son inquiétude.

Il examina les chambres une à une et choisit la plus grande, qui s'ouvrait par un bow-window vers le sud, au-dessus du salon. Une autre fenêtre, tournée vers l'est, devait procurer des réveils lumineux par beau temps, lorsque les murs recouverts de fines rayures jaunes et blanches étaient éclairés par le soleil levant. Un lit y était resté, depuis lequel on apercevait l'Île aux Oiseaux.

Alexis bondit sur ses pieds avec une joie enfantine. Il se mit à vider ses valises avec frénésie. Puis il ouvrit un pack de lait et grignota un cake en sachet. Dès demain il ferait un ravitaillement, il louerait un vélo, et Pochic lui livrerait du bois. Il serait prêt alors pour la vie d'ermite. En attendant il allait faire une flambée pour célébrer son installation dans la maison.

Il prit soin d'allumer toutes les lumières du rez-de-chaussée pour éclairer le jardin. Le sol était jonché de courtes branches sèches qu'il ramassa en hâte avant de revenir en courant vers la maison. Au moment de refermer la porte, il aperçut au loin la lumière du phare qui balayait l'horizon, rassurante comme une puissance protectrice.

Les aiguilles de pin s'embrasèrent dans un grand souffle en exhalant une forte odeur de résine, mais très vite les flammes rapetissèrent et on n'entendit plus que le grignotis du petit bois qui se consumait. En quelques minutes la nuit devint totale. Alexis frissonna.

Il vérifia la fermeture des portes et des fenêtres et monta dans sa chambre. Sous l'éclairage froid qui tombait du plafond, elle lui parut soudain austère. Il décida d'installer une table de nuit de fortune en utilisant le vieux banc-coffre aperçu dans la grande pièce qui faisait face à l'escalier.

Lors de son premier examen des lieux, il ne s'était pas attardé dans cette pièce sans caractère qui, avec ses murs de couleur indéfinissable et son linoléum délavé, ressemblait à un réfectoire de pensionnat. Ce qu'il découvrit dans un angle le conforta dans cette idée : une petite porte carrée qui s'ouvrait dans le mur donnait sur un boyau où couraient des câbles rongés d'humidité. Ils coulissaient encore, comme Alexis put le constater, amenant ainsi devant l'ouverture un plateau. Un monte-plats ! Pourquoi diable cette sinistre pièce exposée au nord avait-elle été utilisée comme salle à manger ?

Alexis trouva bientôt l'explication. Près de la cheminée, des chiffres et des initiales tracés sur le mur indiquaient que celui-ci avait servi de toise. À droite de la porte, un tableau noir était encastré dans le mur. Il restait même des morceaux de craie sur la planchette ! Cette pièce avait dû servir de salle de jeux et d'études et, certains jours, de salle à manger pour les enfants. Soudain elle parut à Alexis toute bruissante de vie, d'éclats de rire et de chuchotements, et cela lui fut insupportable, à lui qui n'avait de son enfance que des souvenirs de solitude et de désarroi. Il eut soudain l'idée folle que le rire entendu tout à l'heure était celui d'un fantôme.

Il s'apprêtait à quitter la pièce sans plus songer au banc, lorsqu'il s'aperçut que le mur de droite était dissimulé par un rideau de velours. Les enfants avaient sans doute monté ici des spectacles. Alexis tira le rideau, projetant un nuage de poussière autour de lui.

Un décor peint en émergea. Alexis recula jusqu'au banc et s'y assit, les yeux fixés sur ce qui lui faisait face. L'entrée d'une maison, sans doute, avec une profusion de plantes vertes naïvement peintes. Une porte sur la gauche et, face à Alexis, un escalier sur lequel ouvrait une fausse fenêtre en vitrail.

Le jeune homme frissonna. Non, bien sûr, ce décor ne présentait guère de ressemblance avec l'appartement d'Élise. Il n'y avait pas, chez elle, de vitrail, et les marches n'étaient pas recouvertes, comme ici, d'un tapis rouge. Pourtant, Alexis ne pouvait détacher les yeux de l'escalier étroit et raide.

C'était en bas d'un escalier semblable qu'on avait trouvé le corps d'Élise.

Depuis qu'Alexis l'avait appris par la presse, la vision du corps gisant au bas des marches, la tête rejetée en arrière, les yeux grands ouverts, ne l'avait plus quitté.

Malgré lui, il se mit à parler à voix haute. *Dis-toi que c'est un cauchemar et tout sera plus facile. Pourquoi te rendre malade avec quelque chose que tu n'as pas vu ?*

Mais les fantasmes sont parfois plus difficiles à oublier que la réalité.

7

C'était la veille d'un week-end de Pentecôte caniculaire. L'appartement d'Alexis, exposé plein sud et situé sous une terrasse, était devenu une étuve. Le jeune homme avait à boucler un livre sur les insectes, et la chaleur rendait difficile le travail de l'aquarelle. Élise, qui devait passer trois jours au bord de la mer, lui avait proposé de s'installer chez elle durant son absence.

Lorsque Alexis était arrivé, en milieu d'après-midi, il avait trouvé son amie tendue, absente, sur le qui-vive. Elle n'avait visiblement qu'une envie : le mettre dehors. Elle le regardait d'un air presque hostile, puis soudain elle avait dit :

— Je ne pars plus. Je reste ici. Je suis désolée, Alexis, l'appartement n'est plus libre.

Il avait refusé le rafraîchissement qu'elle lui proposait et s'était dirigé vers la porte, déçu et humilié. La main sur le loquet, il avait tourné la tête. Il avait alors aperçu, par la porte entrebâillée de la cuisine, une valise fermée, prête pour le départ. Élise l'avait-elle dissimulée là lorsqu'il avait sonné ? Au même moment, il avait remarqué que la jeune femme était vêtue de jeans, qu'elle ne portait jamais en ville.

Élise lui avait menti. Elle partait comme prévu, mais elle n'était plus disposée à lui prêter son appartement, pour une raison qu'il avait bien envie de découvrir.

Il n'éprouvait pour elle que de l'amitié, une sorte d'affection quasi fraternelle. De sa vie privée il ne connaissait rien. Il avait juste entraperçu un soir, l'attendant à la sortie de son cours de danse, un homme d'une rare beauté. Jamais la jalousie ne l'avait effleuré, et les problèmes d'Élise ne le concernaient pas. Mais, d'une certaine façon, il se sentait un peu responsable de cette jeune femme qui, à 37 ans, avait toujours l'air un peu perdue.

Une fois rentré chez lui, il avait été incapable de se mettre au travail. Il était assailli de regrets. Son amie semblait en plein désarroi. Aurait-il dû rester avec elle ? En fin d'après-midi, il s'était décidé à retourner près de chez elle. Incapable de prendre un parti, il était entré dans la grande librairie, de l'autre côté de la rue, d'où il pouvait surveiller ses fenêtres.

Celle de la chambre était ouverte, signe qu'Élise était toujours là. Alexis feuilletait des livres en fronçant les sourcils, levant les yeux de temps à autre vers la fenêtre obstinément ouverte. Il ne savait plus très bien ce qu'il faisait là, s'il cherchait à prendre Élise au piège de ses mensonges ou s'il voulait vraiment l'aider. Mais pourquoi, alors, ne remontait-il pas chez elle ? Par instants il n'était même plus très sûr de ce qu'elle lui avait dit. Avait-elle vraiment refusé de lui prêter l'appartement ?

Il commençait à se lasser et, son attention ayant été attirée par un merveilleux ouvrage sur les loups, il avait tourné le dos à la rue pendant un long moment, lorsque le claquement d'un portail lui avait fait faire volte-face. À temps pour voir sortir de l'immeuble l'homme qu'il avait déjà croisé une fois, l'ami d'Élise, son beau visage déformé par la fureur. Lui aussi, sans doute, s'était fait repousser par la jeune femme.

Alexis s'était finalement résigné à rentrer chez lui. Épuisé par la chaleur, il avait eu toutes les peines du monde à travailler, mais il était néanmoins parvenu à terminer les planches.

Alors qu'il venait de porter ses dessins chez l'éditeur, il avait appris, en lisant un journal oublié sur la table d'un café, qu'Élise était morte cet après-midi-là, *à la suite d'une chute accidentelle dans l'escalier de son duplex*. Son corps n'avait été découvert que plusieurs jours plus tard par le gardien de l'immeuble.

L'enterrement avait lieu le jour même et

Alexis y avait assisté. La nuit suivante, il avait eu une forte fièvre qui avait résisté à tous les traitements. Si les médecins étaient perplexes, Alexis, lui, connaissait la cause de son inexplicable maladie : le remords. Il était persuadé que quelqu'un avait poussé Élise dans l'escalier et que, s'il était remonté chez elle au lieu de surveiller ses fenêtres comme un amant jaloux, elle ne serait peut-être pas morte.

Sa fièvre, d'ailleurs, était tombée comme par miracle dès qu'était revenue à sa mémoire l'image de l'homme quittant l'appartement d'Élise, le visage ravagé. Retrouver cet homme, découvrir ce qui s'était passé ce jour-là... Voilà comment il pouvait se libérer de ses remords !

Plus d'un an s'était écoulé avant qu'il tombe par hasard, dans une librairie, sur le livre de Romain Gauthier.

8

L'allegro de la deuxième sonate pour violon de Schumann déroulait ses arpèges brisés, en écho aux pensées de Romain Gauthier. Il se sentait en communion parfaite avec le compositeur. *Il faut créer pendant qu'il fait encore jour*, avait écrit Schumann. Pour Romain Gauthier le jour avait désormais fait place à la nuit.

Son isolement forcé commençait à lui peser. La conversation de Dédé était d'une pauvreté désolante et Renée, c'était visible, avait peur de son patron. Quant aux rares coups de téléphone qu'il se croyait obligé de donner à sa sœur aînée, ils se bornaient — comme toujours depuis leur enfance — à un échange de considérations météorologiques se terminant par la question rituelle : *où est-ce qu'on peut te joindre ?* à laquelle il répondait, par provocation : *en enfer !*

En même temps que les derniers accords de la sonate, Renée fit irruption et s'approcha de son patron en lui jetant d'une voix basse et essoufflée :

— Une catastrophe... La petite Marine est tombée dans les rochers. Elle est blessée. Il faudrait un médecin.

— Eh bien, appelez le docteur Malezieu, et retournez près de la petite Marine !

Renée, les yeux baissés, avoua dans un chuchotement :

— Je ne pouvais pas la laisser comme ça. Dédé et moi on l'a portée jusqu'ici. On l'a mise sur le canapé du salon.

Romain Gauthier répondit au chuchotement par une voix de tonnerre :

— Et vous vous imaginez peut-être que je vais laisser le docteur Malezieu pénétrer ici ? Vous feriez mieux de vous débrouiller pour que Marine disparaisse du salon... Qui est, d'ailleurs, cette personne au prénom invraisemblable ?

— La sœur d'Arielle, voyons ! Une sainte...

— Une sainte ? Quelle horreur ! Vous espérez peut-être qu'elle va me convertir !

Renée haussa les épaules.

— Dans l'état où elle est, vous ne risquez pas grand-chose ! La pauvre mignonne ! Déjà qu'elle est aveugle... S'il faut maintenant qu'elle soit estropiée à cause de vous...

— Vous dites qu'elle est aveugle ? interrompit Romain Gauthier.

— Dame oui ! Tout le monde sait cela, sur l'île !

— Alors je m'en charge ! Allez chercher ce qu'il faut pour la soigner et préparez-lui une tasse de chocolat.

Un peu plus tard, tandis que la jeune fille buvait son chocolat à petites gorgées, Romain Gauthier entama avec elle une conversation à bâtons rompus. Il apprit ainsi que Marine vivait avec sa sœur et sa grand-mère, et qu'elle avait perdu la vue en manquant se noyer, dans un accident qui avait coûté la vie à sa mère. Comme elle ne pouvait aller en classe sur le continent, c'était le recteur[1] qui se chargeait de ses études.

Romain Gauthier se rappelait vaguement avoir entendu parler un jour de cette tragédie. Sans doute avait-il même croisé Marine de temps à autre. Ou était-ce sa sœur ? Tout ce qui s'était passé avant la mort d'Élise lui semblait s'être évanoui comme un rêve...

Il demanda soudain :

— Tu n'as pas peur ?

— Peur de quoi ?

— De te trouver ici, avec moi. Tu sais sans doute que personne ne me connaît, sur l'île, et que je ne sors que la nuit.

— Et alors ? Je vois bien que vous n'êtes pas méchant !

Romain Gauthier ne put s'empêcher de provoquer la jeune aveugle.

— Et à quoi *vois-tu* cela ?

— Vous avez une voix bleu foncé, un peu comme du granit, et c'est plutôt rassurant. Et puis si vous étiez méchant, vous ne vous occuperiez pas de moi...

1. Curé, en Bretagne.

— Toi, c'est différent.

— Pourquoi ? Parce que je ne peux pas vous voir ? Alors, ce qui vous fait peur, ce n'est pas de voir les gens : c'est qu'ils puissent vous regarder...

Romain Gauthier haussa les épaules, agacé.

— En tout cas tu n'as rien de grave. Un jour ou deux de repos et tu pourras à nouveau danser. (Puis, se rendant compte de sa maladresse :) Renée va te ramener chez toi. Ou Dédé.

— Plutôt Renée. Je n'aime pas beaucoup Dédé.

— Il te fait peur ?

— Pas du tout ! Seulement il m'aime bien et ça ne me plaît pas... *Peur ?* Décidément, vous n'avez que ce mot à la bouche ! Moi, je n'ai peur de rien.

Un peu vexé, Romain Gauthier eut envie de la provoquer :

— Tu dois bien avoir peur de temps en temps, toi aussi, comme tout le monde. Peur de mourir, par exemple !

— Mourir ? C'est bien la dernière chose qui puisse me faire peur ! Vous savez, la vie, c'est un peu comme marcher sur un chemin caillouteux. (Elle rit.) Pour une aveugle, c'est encore plus dur que pour les autres !... Mais quand on meurt, et qu'on entre dans le grand jardin qui se trouve au bout du chemin, tout devient tellement plus facile...

L'après-midi était déjà bien avancé lorsque Romain Gauthier demanda à Renée de reconduire Marine. En regardant s'éloigner la deux-chevaux, il eut l'impression que les murs de sa prison venaient de se refermer.

Il leva la tête vers la maison. À une fenêtre, vibrait un petit point lumineux. Une paire de jumelles ? Un appareil photo ? Un télescope ?

L'idée effleura un instant Romain Gauthier que Marine était la complice d'Alexis Lambert, et que ce dernier l'avait chargée de s'introduire au fortin pour l'espionner. Mais il la chassa aussitôt, irrité de constater qu'il avait perdu toute capacité à jouir des bonheurs les plus simples.

9

Après une journée noyée dans la grisaille et une nuit froide et humide, le ciel avait repris une teinte méditerranéenne. Aussitôt après le petit déjeuner, Alexis partit au hasard dans la direction du soleil, suivant un sentier côtier qui serpentait au bord de la falaise. La brise légère qui courbait les hautes fougères lui apportait d'indéfinissables parfums qu'il respirait avidement en plissant les yeux de bonheur. Il ressentait une telle impression de liberté, que pour un peu il se fût mis à chanter.

Cependant il tendit soudain l'oreille, alerté par une rumeur étrange qui s'élevait par intermittence. Cela ressemblait presque à des sanglots et, en tentant de s'en approcher, Alexis s'aperçut qu'ils venaient de la mer. Ce n'était sûrement que le vent qui soupirait en s'engouffrant dans une anfractuosité de rocher. Cependant, sa gaieté soudain envolée, le jeune homme prit la direction opposée et accéléra le pas, les yeux rivés sur le sol.

Un peu plus tard, en traversant un bosquet, il entendit crisser les aiguilles de pin qui jonchaient le sol. Derrière lui, d'abord, puis sur sa droite... Il eut beau scruter la pénombre sous les arbres, il ne vit personne, et pourtant il était certain de sentir une présence. Il pouvait presque entendre le souffle court de la créature — homme ou bête — qui le suivait. Alors, pris de panique, il sortit du bois en courant et, le cœur cognant à grands coups dans sa poitrine, il se dirigea vers le village. Son angoisse ne se dissipa que lorsqu'il eut passé les premières maisons, et seulement alors il osa tourner à nouveau la tête. En vain, car bien sûr son poursuivant n'avait pas commis l'imprudence de quitter le couvert des arbres.

Il effectua quelques achats puis, après avoir trouvé un vélo à louer, il décida de se réconforter au café du port. Mais la fumée et les voix fortes des hommes qui buvaient du muscadet, accoudés au bar, l'indisposèrent. Il lui sembla urgent, soudain, de retrouver la protection de la maison. Il partit sans terminer son verre et pédala comme un fou sur la route du retour.

Après avoir avalé un morceau de fromage et un fruit, il passa presque tout l'après-midi à dessiner.

Comme le soir approchait, une douleur sourde dans le haut du dos l'obligea à s'arrêter, et il se décida à explorer le jardin.

Les allées qui partaient de la maison se

perdaient d'abord dans un fouillis inextricable de buissons. Puis on se trouvait subitement dans un petit bois de pins d'où on entendait la rumeur de la mer, toute proche. Alexis marchait lentement, se retournant fréquemment vers la maison comme pour s'assurer de sa présence rassurante.

Une silhouette se dressa brusquement devant lui, qui le fit sursauter. La seconde d'après, il réalisait avec soulagement que ce n'était qu'une croix de granit qui dominait une tombe minuscule, celle d'un enfant sans doute, recouverte d'une mousse épaisse. Il n'y avait rien de triste dans cette tombe. Alexis s'assit un instant sur le tapis de mousse, la tête vide et le cœur en paix.

Au-delà de la tombe, le sol s'inclinait doucement avant de dégringoler vers la mer. Sur la plage, des chevaliers gambette rassemblés en bataillon se dandinaient, labourant le sable et fouillant les algues de leurs longs becs. Alexis les observa longuement, enregistrant mentalement leurs attitudes afin de pouvoir les reproduire sur le papier.

Mais, soudain, les échassiers s'envolèrent en poussant des cris de colère. Le roulement d'un galet attira alors l'attention d'Alexis.

Une femme s'avançait dans l'eau, à une centaine de mètres de l'endroit où il se tenait. Complètement dévêtue, elle marchait lentement, comme si elle défilait au sein d'un cortège, sa longue chevelure dénouée. Aussi loin que se trouvât la femme, on pouvait deviner l'extraordinaire finesse de ses cheveux. Ils étaient d'une teinte rare, ni blonde ni grise, semblable à celle d'un vêtement d'argent luisant dans l'obscurité, si bien qu'un tableau se forma spontanément dans l'imagination d'Alexis : cette femme jouant du clavecin dans un rayon de lune.

Elle entra dans l'eau, de la même démarche hiératique. Puis elle plongea et, lorsqu'elle se redressa, ses cheveux rassemblés en torsade sur son dos, Alexis fut frappé par la beauté sculpturale de son corps, par sa féminité bouleversante. Il bondit sur ses pieds et lui tourna le dos.

Au même moment, il entendit derrière lui, tout près, une respiration haletante, comme si quelqu'un venait de courir pour le rejoindre.

Il s'enfuit vers la maison.

10

Les jours passèrent et l'atmosphère se modifia insidieusement. Les signes avant-coureurs de l'automne apparurent : une légère brume en début de matinée, de vagues relents de décomposition dans les sous-bois, une note d'alarme dans les appels des goélands... Des plages désertées, aussi, qui procuraient à Alexis un plaisir intense, le sentiment de n'être pas sur l'île en hôte de passage, mais d'en faire intimement partie.

Cependant il n'oubliait pas un instant Romain Gauthier, dont la proximité le rongeait. Pas une fois depuis son arrivée il n'était parvenu à apercevoir l'écrivain. Il avait passé de longs moments derrière la fenêtre de sa chambre, les yeux rivés aux jumelles, sans le moindre succès. Un mastodonte plus large que haut passait son temps dehors, coupant du bois, éclaircissant les buissons ou simplement assis au soleil, un mégot au coin des lèvres. Il était de temps en temps houspillé par la femme d'âge mûr qui était passée voir Alexis le lendemain de son arrivée. C'était elle qui avait nettoyé la maison et elle voulait s'assurer que rien ne manquait au nouveau locataire, mais Alexis s'était empressé de se débarrasser d'elle.

Le peu qu'elle avait lâché à propos de son patron était cependant intéressant : il était malade et ne sortait jamais de chez lui. Ainsi, Romain Gauthier se cachait ! Cependant, il devait bien lui arriver de quitter sa retraite, en prenant soin de ne pas être vu. Alexis ne désespérait pas de se trouver un jour sur son chemin.

Il décida un matin d'aller peindre à proximité du fortin, sur des rochers où il avait cru apercevoir, dans une caverne inaccessible, un grand cormoran.

Au moment de descendre dans les rochers, il se rendit compte qu'il avait oublié sa bouteille d'eau et il rebroussa chemin. Comme il allait quitter le couvert des pins, il vit une silhouette claire se détacher devant la porte de la maison.

Il reconnut immédiatement la jeune fille qu'il avait vue quitter le fortin quelques jours plus tôt, appuyée au bras de la femme. Elle exécutait une danse maladroite en traînant sa jambe raide et en fredonnant une sorte d'incantation. « Lundi, mardi, mercredi... Lundi, mardi, mercredi... » Que faisait-elle ici ? N'était-elle pas venue observer la maison, peut-être avec l'intention d'y pénétrer ?

Alexis s'avança brusquement en brisant une branche. La jeune fille s'immobilisa, l'air apeuré.

— Vous cherchez quelqu'un ? demanda Alexis d'une voix un peu rude.

Elle tourna vers lui ses yeux d'un bleu éclatant. Il s'approcha d'elle et lui tendit la main. Elle semblait le regarder et pourtant elle ne voyait pas sa main. Elle souriait mais son sourire s'adressait au vide : la jeune fille était aveugle !

— Comment vous appelez-vous ? demanda-t-il. Moi, c'est Alexis. J'habite ici. Belle maison, n'est-ce pas ?

Elle sembla ne pas avoir remarqué la gaffe.

— Oui, je l'adore. A-t-elle beaucoup changé ? Est-ce que les volets sont toujours verts, comme autrefois ? Avant, c'était la plus belle maison de l'île. En tout cas, c'est ma préférée.

— Moi aussi... Elle est juste peut-être un peu trop isolée... Pas beaucoup de voisins, à part l'espèce de forteresse, là-bas... L'autre jour je vous ai vue en sortir. Vous connaissez les gens qui y habitent ?

Un peu décontenancée, elle répondit :

— Oui, mais je ne dois rien dire. C'est un secret. Et vous ? Vous allez vous installer ici ?

— Quelque temps... Je prépare un livre sur les oiseaux marins.

— Vous venez de Paris ?

— Oui.

— Quelle chance ! Un jour, je suis allée à Paris avec ma classe. C'était fantastique... (Elle rêva un instant, puis reprit :) Si vous êtes parisien, vous ne tiendrez pas longtemps ici. C'est sinistre, l'hiver. Je déteste cette île ! De toute façon, un jour je m'en irai... J'ai de grands projets !

— Ah oui ? interrogea Alexis qui se moquait éperdument des projets de cette jeune fille, mais qui ne savait comment se débarrasser d'elle.

— Oui, répondit-elle en redressant fièrement la tête. Je serai une star ! C'est une voyante qui me l'a dit...

Alexis prit son courage à deux mains pour interrompre cette gamine bavarde dont les enfantillages commençaient à l'exaspérer :

— Je ne voudrais pas vous chasser, mais je dois aller travailler.

— Ah oui ! Vos petits dessins ! s'exclama la jeune fille avec une ironie teintée de condescendance.

Ulcéré, Alexis décida de la moucher :

— Pas seulement... Je vais vous confier un secret : je suis là pour retrouver un assassin.

— Un assassin ! Vous êtes détective ? Il y a un assassin sur l'île ? Qui est-ce ?

— C'est justement ce que je dois découvrir...

— Il a tué combien de personnes ?

— Une seule... mais c'était la plus grande danseuse du monde ! lança Alexis d'un air important.

Cette fois, il avait atteint son but. La jeune fille resta muette de stupéfaction. Puis elle s'éloigna en bafouillant :

— Bon, je vous laisse... Venez me voir, un jour, vous me tiendrez au courant de votre enquête !

Alexis cria :

— Mais qui êtes-vous ?

Elle lui lança, sans se retourner :

— Marine ! J'habite près de la grande plage, une maison avec un marsouin sur le toit !

Et elle s'éloigna de sa démarche boitillante. Alexis alla chercher à la cuisine une bouteille qu'il remplit d'eau. Devait-il regretter l'impulsion qui l'avait poussé à révéler la raison de sa venue sur l'île ? Il ne le pensait pas. Si la fameuse Marine connaissait bien Romain Gauthier, il y avait des chances pour qu'elle lui raconte cette conversation. L'écrivain commencerait à avoir peur et peut-être alors se trahirait-il d'une manière ou d'une autre...

Comme il jetait un regard distrait par la fenêtre au-dessus de l'évier, Alexis vit Marine disparaître à un tournant du chemin. Il lui sembla qu'elle ne boitait plus.

En repartant vers le bois de pins, il réalisa qu'il était rentré dans la maison sans utiliser sa clé. Il avait pourtant fermé la porte à double tour en partant tout à l'heure. Il croyait l'avoir fait, en tout cas...

La matinée s'avéra décevante. Pas plus le grand cormoran que Romain Gauthier ne se montrèrent. Mécontent, Alexis rentra bien avant l'heure du déjeuner. Il passa tout l'après-midi à lire, sans un regard vers le fortin, et se coucha de bonne heure, très contrarié. Cette journée si bien commencée avait finalement été mauvaise.

Tard cette nuit-là, tandis qu'il cherchait le sommeil sans parvenir à discerner la cause de l'inquiétude qui le taraudait, il comprit soudain pourquoi les yeux de Marine l'avaient tant troublé : ils étaient du même bleu étincelant que ceux de sa mère.

Lorsque celle-ci était morte, Alexis, qui n'avait que 10 ans, n'avait pas été loin de perdre la tête. Cependant, après des semaines de fièvre et de délire, il avait retrouvé une certaine paix, sauf lorsqu'une impression fugitive, un parfum ou le claquement de chaussures à talons, le frappait en plein cœur.

Tout cela était loin aujourd'hui. Pourquoi y repensait-il tout à coup avec tant d'intensité ? Ne parviendrait-il jamais à oublier ce regard bleu, tantôt aimant, tantôt impitoyable ?

Exaspéré de ne pouvoir dormir, il se redressa pour regarder l'heure. Les aiguilles lumineuses du réveil indiquaient 3 heures. Il s'assit sur son lit et regarda au loin, par-delà la fenêtre dont il n'avait pas fermé les volets. Une lumière brillait dans le fortin, qui s'éteignit dès qu'il prit les jumelles. Il eut l'impression que Romain Gauthier le narguait et, furieux, décida de changer de chambre.

Il arracha draps et couvertures, quitta la pièce en claquant la porte, et alla s'installer dans la chambre orientée au sud-ouest. Elle était petite, mais de la fenêtre il ne pourrait voir le fortin, caché par l'avancée du pignon.

Il resta longtemps allongé, immobile, la lumière allumée, à regarder les bouquets de myosotis qui s'entrelaçaient sur les murs, autour de la cheminée blanche. Au bout d'un moment, hypnotisé par les petites fleurs bleues qui semblaient danser une ronde, il éteignit la lumière et s'endormit.

11

Renée Bloch faisait toujours ses courses de bonne heure pour éviter de rencontrer les pipelettes du village. Ce matin-là, cependant, elle s'attarda chez l'épicier, car Alexis Lambert en avait poussé la porte quelques minutes après elle, et elle ne comptait pas laisser passer une si belle occasion de sonder le jeune homme.

Elle lui laissa le temps d'effectuer ses achats puis, renonçant aux siens, passa en trombe devant la caissière bouche bée. Elle arrêta son voisin au moment où il allait grimper sur sa bicyclette, et le salua d'un bonjour enthousiaste. À sa grande surprise, il lui emboîta le pas en traînant son vélo.

Renée Bloch brûlait de savoir pourquoi ce garçon était venu s'installer sur l'île. Le projet de livre sur les oiseaux ressemblait un peu trop à un prétexte. La nervosité de Romain Gauthier, depuis que la maison était occupée, indiquait assez qu'il n'y croyait pas plus qu'elle. Depuis qu'il avait appris que Renée s'était chargée de préparer la maison, il la considérait avec suspicion et toute occasion était bonne pour lui faire des reproches. Renée en souffrait, mais elle ne savait comment prouver sa loyauté. Rassurer son patron sur l'innocence du nouveau voisin était une possibilité.

Elle comprit rapidement qu'elle en serait pour ses frais. Non seulement Alexis Lambert n'avait pas l'intention de lui faire des confidences mais c'était lui, maintenant, qui tentait de la faire parler.

— Avec votre patron malade vous devez avoir des journées bien remplies, disait-il. Son état nécessite-t-il beaucoup de soins ?

Renée Bloch rétorqua d'un ton catégorique :

— Des soins ? Absolument pas ! Dans son cas, la solitude et le calme sont le meilleur remède.

— Oui, bien sûr. Mais tout de même... Y a-t-il un bon médecin sur l'île ?

— Nous n'avons pas besoin de médecin. Ni d'aucune aide, d'ailleurs.

Renée Bloch regrettait maintenant d'avoir abordé le jeune homme. N'allait-il pas un jour frapper à la porte du fortin pour emprunter un tire-bouchon ou un tournevis ?

Par chance, leur conversation fut interrompue par une jeune fille qui les dépassait, balançant un cartable à bout de bras.

— Bonjour, Mademoiselle ! cria-t-elle en

accélérant le pas. Je me dépêche, c'est l'heure du bateau !

Alexis Lambert la suivit des yeux.

— Bizarre... Il y a trois jours elle boitait, et maintenant elle trotte comme un lapin. Et elle a l'air d'y voir aussi bien que vous et moi !

Renée Bloch, ravie de la diversion, se lança dans des explications détaillées.

— Je vois : vous avez rencontré Marine ! Elle est aveugle, en effet, et elle s'est blessée dans les rochers. C'est d'ailleurs moi qui l'ai soignée. Mais celle-ci, c'est l'autre. Sa sœur jumelle, Arielle ! Elle va au lycée sur le continent. Deux copies conformes, physiquement, en tout cas. Pour le caractère, c'est autre chose ! Arielle est aussi écervelée que Marine est réfléchie... Trop de télévision et pas assez de travail, voilà mon opinion ! Et puis elle passe son temps à inventer des coups pendables en se faisant passer pour sa sœur.

Renée Bloch se tut en s'apercevant que le jeune Lambert ne l'écoutait plus. Elle cherchait un prétexte pour le quitter, lorsqu'elle s'entendit interpeller :

— Vos fleurs sont prêtes, Mademoiselle ! Vous venez quand, les prendre ?

Renée Bloch se retourna avec empressement.

— Justement, j'y allais ! (Elle tendit la main à son compagnon.) Je vous laisse, monsieur Lambert. En vous souhaitant un bon séjour... Bon, je file chercher mes fleurs chez Pochic. Au fait, si vous voulez de bons légumes, allez donc voir sa femme, je vous la recommande. À tous points de vue, d'ailleurs !

Renée Bloch s'éloigna, rassérénée. Elle ne s'était pas si mal débrouillée, finalement. Elle avait coupé court aux questions et avait poussé le jeune homme à aller voir la femme de Pochic. Avec un peu de chance, cette hystérique allait tomber amoureuse de ses longs cils et de son air un peu perdu, et elle ne lui laisserait plus beaucoup de temps pour surveiller le fortin, si c'était cela qu'il était venu faire.

12

Le feu crépitait joyeusement. Romain Gauthier était en train de déguster un verre de cognac, lorsque Renée entra dans le salon et se mit à aller et venir sans but apparent. Puis elle lâcha enfin, l'air faussement distrait :

— Décidément, je n'arrête pas de rencontrer notre nouveau voisin. Très aimable, d'ailleurs...

— Cela ne vous oblige pas à l'être aussi, rétorqua Romain Gauthier. Aimable, je veux dire. Vous savez comment sont les gens : vous leur dites bonjour et ils croient que vous les invitez à dîner.

— Il n'y a pas de risque, monsieur Romain. Je ne me suis pas gênée pour le remettre à sa place.

Romain Gauthier grommela.

— Dans ce cas, le sujet est clos.

Il ne l'était pas pour Renée, qui reprit :

— Je l'ai revu tout à l'heure, à l'embarcadère. Il allait sur le continent... Bon, sur ce, si vous n'avez besoin de rien, je vais aller retrouver Dédé qui pêche dans les rochers.

Et elle quitta la pièce, laissant Romain Gauthier dans la plus grande perplexité. Renée parlait rarement pour ne rien dire. Avec lui, en tout cas. Que le nouveau voisin se fût rendu sur le continent ne présentait pas grand intérêt. Ce discours devait donc receler un sens caché, qui était probablement le suivant : le voisin s'étant absenté pour un certain temps, et Renée et Dédé pêchant dans les rochers, c'était le moment ou jamais pour Romain Gauthier, s'il le désirait, d'aller fureter dans la grande maison pour découvrir ce que le jeune homme avait dans le ventre.

Il n'hésita pas longtemps. Il mit en place le pare-feu, s'emmitoufla dans son écharpe et s'en fut à grands pas. Il savait comment pénétrer dans la maison. Adolescent, afin de s'échapper pour des sorties nocturnes et interdites, il avait descellé les barreaux d'un des soupiraux de la cave. Il suffisait de les retirer et de pousser la fenêtre mal assujettie.

En quelques minutes il fut dans la cave. Il n'eut même pas besoin d'allumer le plafonnier pour trouver l'escalier conduisant au rez-de-chaussée.

Il poussa la porte qui donnait dans l'entrée et fut instantanément saisi par l'odeur tenace de vieux bois humide qui avait imprégné toutes ses vacances d'enfant. Il ferma les yeux, un peu étourdi, puis se mit à errer d'une pièce à l'autre, avec la sensation d'être un esprit revenu hanter les lieux d'une existence passée.

Les effluves de tabac froid qui régnaient dans le salon l'aidèrent à éloigner les images de son enfance. Un cendrier plein et un verre oublié sur la cheminée étaient les seuls signes d'une présence récente.

Le bureau, la salle à manger et la chambre du rez-de-chaussée n'avaient pas été utilisés.

Romain Gauthier monta au premier étage. Une inspection rapide des pièces lui apprit qu'Alexis Lambert avait choisi d'occuper la chambre d'enfant, car le lit en était fait et des livres étaient posés sur une chaise : *Les Oiseaux de nos régions, Histoires grotesques et sérieuses* d'Edgar Poe.

La chambre jaune avait également servi : une odeur de tabac y était encore perceptible, et une paire de jumelles était posée sur une chaise de jardin devant la fenêtre. Romain Gauthier s'en empara et la dirigea vers le fortin. Sa puissance était impressionnante. On pouvait presque discerner le chauffe-eau dans la cuisine ! Fallait-il conclure que cette pièce était utilisée comme poste de surveillance ? Où donc se trouvaient les travaux de ce prétendu dessinateur animalier ?

Romain Gauthier les dénicha finalement dans l'ancienne salle de jeux qui semblait servir d'atelier. Une grande planche posée sur des tréteaux était recouverte d'esquisses en désordre, et plusieurs cartons à dessin empilés dans un coin contenaient des trésors. Un peu rassuré, Romain Gauthier les examina un à un. Des dessins d'une finesse extraordinaire, des pastels aux tons délicats, des aquarelles d'une troublante poésie... Le nouveau voisin était extrêmement doué. Peut-être, après tout, n'était-il venu sur l'île que pour préparer en paix un ouvrage ou une exposition.

Le dernier carton, rempli de portraits, se révéla particulièrement intéressant. Il n'était pas nécessaire d'avoir connu les modèles pour deviner avec quel talent le jeune homme les avait recréés. Certains portraits n'étaient que des esquisses, brossées dans un autobus ou un restaurant ; d'autres étaient achevés. Tous éclataient de vie.

Les derniers croquis du carton bouleversèrent Romain Gauthier. Comme multipliée par un jeu de miroirs, Élise le regardait. Élise souriant, Élise pensive, Élise dansant, Élise pleurant... Alexis Lambert avait connu Élise !

Quelles qu'aient été les intentions du jeune homme en venant s'installer si près du fortin, il était urgent de l'éloigner, coûte que coûte.

13

Tanguy Pesche avait passé des journées à fulminer, l'œil vissé à son télescope. Le jeune homme élégant, avec ses pantalons beiges et sa coiffure impeccable, ne sortait presque jamais de chez lui. Jamais assez longtemps en tout cas pour que Pesche pût s'introduire sans risque dans la maison.

Lorsqu'il le vit se présenter à l'embarcadère et monter sur le bateau, il ne fut pas long à dégringoler les marches du phare.

En approchant de la maison, il crut voir quelqu'un s'agiter derrière une fenêtre. Il se dissimula derrière un buisson de houx et attendit.

Il n'eut qu'à se féliciter de sa prudence, car bientôt une porte claqua et une silhouette étonnante, la tête entourée d'une écharpe, s'éloigna d'une démarche saccadée. Était-il possible que le jeune homme ne fût pas le seul occupant de la maison ? Décidant de réfléchir plus tard à ce mystère, Pesche s'avança à son tour. La clé tourna aisément dans la serrure — par chance, elle n'avait pas été changée —, et il se dirigea droit vers la cuisine. Il ouvrit l'une des portes de la vieille cuisinière à charbon, se pencha.

Le sac était là, bien scellé. Pesche poussa un soupir de soulagement.

Il ne lui restait plus qu'à trouver une autre cache et à l'indiquer à la gamine. La cache devait être facile à surveiller depuis le phare, et la gamine devait pouvoir s'y rendre fréquemment sans éveiller la curiosité. Les alentours de la maison étaient le seul lieu qui remplît ces deux conditions. La gamine avait les meilleures raisons d'y traîner, puisque sa chèvre avait élu domicile dans les fourrés qui surplombaient les rochers au pied de la maison. De même que personne ne pouvait s'étonner des allers-retours quotidiens d'une lycéenne sur le continent !

Cependant, Pesche avait pour principe d'envisager le pire. Était-ce bien un hasard que le jeune dandy se fût installé précisément dans cette maison ? Rien ne prouvait d'ailleurs qu'il n'avait pas déjà trouvé le paquet, et décidé de le laisser là en attendant de prendre une décision... Il était donc urgent de trouver un moyen de le faire décamper.

Pesche quitta la maison en regrettant d'avoir dû attendre si longtemps une occasion d'y pénétrer. Mais peut-être n'était-il pas trop tard. Quant à faire partir le petit freluquet, cela ne serait probablement pas très difficile. Il suffirait de lui faire un peu peur, et dans ce domaine les idées ne manquaient pas au gardien de phare.

14

Lorsque le bateau accosta, Alexis eut l'impression, après ces quelques heures passées sur le continent pour se procurer des plumes et des couleurs, dans l'agitation et le vacarme oublié des klaxons, de retrouver la sécurité.

L'île était somptueuse dans cette lumière de fin d'après-midi. Alexis prit le chemin de la maison avec une sensation de bonheur intense. À un croisement, un lapin détala devant lui et s'engouffra dans un chemin de traverse. Une impulsion irraisonnée, presque enfantine, poussa le jeune homme à le suivre, comme si l'apparition de l'animal était un appel du destin.

Il aperçut bientôt un pan de mur rouge dans lequel s'ouvrait une large fenêtre, et, s'étant approché, il se trouva devant une espèce d'usine désaffectée.

Alors il se souvint du jour de son arrivée, lorsque Pochic lui avait parlé de l'ancienne sardinerie qu'il habitait. Ressentant soudain le besoin inhabituel de parler à quelqu'un, il se dirigea vers la porte cochère qui était ouverte à tous les vents.

Il se trouva dans un gigantesque hall rempli de fleurs où régnait une odeur indéfinissable évoquant un mélange de poussière et de parfums démodés. Pendues au plafond, accrochées le long des murs, répandues sur d'immenses tréteaux, partout des fleurs tremblant au moindre souffle d'air... Alexis eut un instant l'impression que ses pieds avaient quitté le sol et qu'il survolait un immense jardin. Il se pencha vers un vase où reposaient de courtes tiges surmontées d'espèces de poches orangées ressemblant à de petits lampions.

— Ce sont des amours-en-cage, murmura une voix caressante qui semblait s'élever des fleurs, et une jeune femme s'avança.

Alexis la reconnut aussitôt, à ses cheveux qui paraissaient poudrés d'argent. Elle était vêtue d'une ample robe longue, une sorte d'habit de moine d'un bleu passé.

Elle lui expliqua à quel moment elle cueillait chaque fleur, comment elle les faisait sécher, elle lui dit de quel amour elle les entourait. Elle lui montra son matériel, tiges de métal, ciseaux, couteaux, rubans, récipients de toutes formes. « À chaque fleur correspond le vase idéal. Comme à chaque homme correspond la femme idéale. »

Et, ce disant, elle secouait ses cheveux en

passant devant Alexis et il en sentait la soyeuse caresse. Comme elle se taisait soudain en le regardant d'un air pensif, il bredouilla :

— Quelle mine pour un peintre ! Je suis illustrateur. Spécialisé dans les animaux. Je fais aussi des portraits. Je devrais peut-être essayer les fleurs ?

— Quelle idée merveilleuse !

Elle prépara pour lui un bouquet où se mariaient somptueusement les tons de pourpre et d'argent. Tout en virevoltant d'un coin à l'autre de son domaine, elle chantonnait d'une voix détimbrée et troublante et, l'air vague, passait et repassait tout près d'Alexis, à le frôler. À un moment, elle perdit l'équilibre et il dut la retenir. Elle fit demi-tour et il se trouva à quelques centimètres de sa bouche. Affolé, il s'empara du bouquet et fit des adieux hâtifs. Il quitta ce lieu étouffant comme on se réveille d'un mauvais rêve. Lorsque, sur le chemin, il croisa Pochic, il ne le reconnut même pas.

Comme il détestait les femmes qui cherchaient à vous envoûter ! Pour chasser l'image de cette créature répugnante, de ce corps souple, semblable à une liane désireuse de s'insinuer en vous et de vous étouffer sous son étreinte humide, il évoqua l'image d'Élise. Penser à elle lui faisait toujours du bien. Elle avait été si différente des autres femmes !

Alexis l'avait rencontrée en préparant un

reportage illustré sur la danse. L'amitié avait été immédiate entre eux, une amitié pure, dénuée de toute ambiguïté, bien loin du trouble déplaisant qu'éveillait la femme de Pochic. Élise s'intéressait aux travaux d'Alexis, elle l'encourageait, le rassurait comme sa mère l'aurait fait si elle avait vécu.

Mais Élise était morte, comme sa mère. De mort violente, comme sa mère. Étrange, comme le destin parfois se répétait... Élise, comme la mère d'Alexis, n'avait pas eu une vie facile. Elle avait été gravement malade étant enfant, et aucun médecin ne lui avait laissé l'espoir de pouvoir réaliser son rêve : être danseuse. Elle y était parvenue par la seule force de sa volonté.

— Tu devrais écrire tes mémoires, lui avait suggéré Alexis.

— J'y pense, avait-elle répondu. J'ai pris une quantité invraisemblable de notes. J'ai bâti un plan, et j'ai même écrit quelques chapitres.

Élise était morte avant que son projet n'ait pu aboutir. Mais un roman était sorti, sur lequel Alexis était tombé par hasard, et dont il avait immédiatement deviné l'origine. Non seulement Romain Gauthier avait tué Élise mais, tel un vampire, il s'était nourri de sa vie pour en tirer un roman qui avait obtenu un prix littéraire. Qu'il l'eût dédicacé *À Élise* n'était pas suffisant pour justifier l'escroquerie.

Lorsque Alexis arriva à la maison, son cœur était plein de révolte, comme chaque fois qu'il repensait à ce drame.

Il monta dans la salle de jeux, jeta sur la table le matériel qu'il avait acheté et alluma une cigarette. Il se mit à faire les cent pas dans la pièce et, n'y tenant plus, tira le rideau pour s'abîmer dans la contemplation du trompe-l'œil. Les souvenirs affluèrent aussitôt, terrifiants.

Oublie tout cela, Alexis. Tu es trop jeune pour vivre dans le passé... Cette femme n'était-elle pas belle, parmi ses fleurs ? Avoue que tu as envie d'elle... Jouis, Alexis, cesse de te complaire dans la souffrance !

Alexis haussa les épaules. Cette pièce le mettait mal à l'aise, soudain. L'impression troublante que quelqu'un l'observait...

Il se retourna d'un air méfiant. Ses yeux tombèrent sur sa table de travail, et il s'en approcha en fronçant les sourcils. Il connaissait assez son désordre organisé pour être certain qu'on y avait touché. Il vérifia tous ses dessins, feuille par feuille, et constata que trois portraits d'Élise avaient disparu. Réprimant sa panique, il s'efforça de réfléchir.

Quelqu'un s'était introduit dans la maison, sans même avoir à briser un carreau, comme Alexis s'en assura aussitôt. Cet individu possédait donc une clé !

Mlle Bloch, qui avait fait le ménage avant l'arrivée d'Alexis, possédait forcément une clé de la maison... Et Romain Gauthier, auprès de qui elle vivait, avait eu tout loisir d'en faire un double... Qui d'autre que lui, d'ailleurs, aurait pu s'intéresser aux portraits d'Élise ?

Romain Gauthier était venu dans la maison, et maintenant il savait qu'Alexis connaissait Élise.

Désormais, tout pouvait arriver.

15

Le soir même Alexis changea à nouveau de chambre. Il lui serait désormais impossible de trouver le sommeil dans celle aux myosotis, qui n'avait pas de clé. Dans la chambre nord-est, au contraire, il pourrait s'enfermer à double tour. Il y traîna le lit et constata avec satisfaction que le fortin était visible depuis la fenêtre.

Les jours suivants, le crachin s'installa. Alexis se remit au travail avec ardeur, alternant séances de dessin et tours de garde.

Un matin, il s'aperçut que les pneus de sa bicyclette étaient à plat. Il la fit réparer, décida de la rentrer tous les soirs dans l'entrée, et il retourna sur le continent pour acheter un verrou solide qu'il plaça sur la porte. L'idée ne l'effleura pas de prévenir les gendarmes. Cette affaire ne regardait que lui. Mais il avait peur. À plusieurs reprises, il avait cru entendre des chuchotements sous ses fenêtres. Dès la tombée de la nuit, il fermait les volets et se barricadait dans sa chambre, les jumelles braquées sur le fortin. Il avait l'impression d'avoir échangé son rôle avec celui de Romain Gauthier. D'attaquant, il était devenu l'assiégé.

Pendant quelques jours il ne se passa rien, et il tomba dans une quasi-léthargie. La maison était noyée dans une brume humide et paralysante. Les arbres immobiles, aux contours flous, formaient comme un décor de théâtre sali.

Un après-midi, Alexis se coucha. Il se plongea dans un livre, mais le reposa au bout de quelques pages et se mit à rêver en suivant des yeux les lianes qui s'entrelaçaient sur les murs, montant à l'assaut du plafond. Les lignes qu'elles dessinaient évoquaient des formes féminines et soudain la solitude d'Alexis lui pesa.

Non que sa vie sentimentale eût été satisfaisante. Au lycée, sa nature fantasque ne lui avait guère attiré d'amitiés. Les cours de gymnastique, en particulier, étaient sa hantise. Il se souvenait d'un grand gaillard qui arborait des survêtements moulants pour impressionner les filles avec ses biceps. Jaloux des dons artistiques d'Alexis, il n'avait pas hésité à renverser un pot d'eau sur son dessin un jour de composition.

La petite amie de ce garçon avait de grandes dents irrégulières, mais elle avait aussi la plus belle paire de seins de toute la classe. Elle mentait comme elle respirait et Alexis la méprisait. Un jour, il l'avait surprise en flagrant délit de mensonge et il l'avait menacée de la dénoncer. Alors elle l'avait regardé avec un sourire bizarre en lui disant : « Si tu me jures de ne rien dire, tu pourras me faire des tas de choses. Tu verras, j'ai plein d'idées. » Il avait accepté, un peu pour se venger du matamore qu'il détestait, surtout parce qu'il n'avait encore touché aucune fille et que la scène se passait dans l'obscurité rassurante du local à vélo. L'expérience lui avait laissé un souvenir plus troublant que réellement agréable.

Sa seconde expérience avait eu lieu avec la standardiste d'une société pour laquelle il avait fait quelques dessins. Elle accueillait toujours Alexis avec des éclats de rire stupides, mais il la trouvait plutôt jolie. Après l'avoir vue, un soir au parking, en train de faire profiter le directeur général de son anatomie, il s'était mis à rêver d'elle. Cette fois, l'histoire avait duré un peu plus longtemps. Elle était venue au moins trois fois chez lui. Puis il lui avait tourné le dos en lui reprochant d'être trop facile.

Il n'avait aimé aucune de ces deux filles. Il avait été obsédé par leurs corps pendant quelque temps, mais n'avait jamais éprouvé la moindre tendresse pour elles.

Avec Élise — comment osait-il comparer Élise à ces créatures ? —, cela avait été tout différent. Il l'avait aimée dans le sens le plus noble du terme. Elle avait un regard si clair, si bleu... Jamais l'idée de la toucher ne lui serait venue à l'esprit. Tout le temps qu'avait duré leur amitié, il n'avait regardé aucune femme. Mais maintenant que cet amour chevaleresque et pur lui avait été retiré ?

Comme une réponse à son interrogation, Alexis entendit frapper à la porte d'entrée. Le cœur battant, il se leva et descendit l'escalier en évitant les marches qui craquaient. Gauthier avait-il l'audace de venir l'affronter ? Alexis s'arrêta derrière la porte et, sans l'ouvrir, demanda d'une voix aussi forte que possible : « Qui est-ce ? »

Une voix suave lui répondit : « Mme Pochic ! »

Cette créature ! Que venait-elle faire ici ? Était-elle envoyée par Romain Gauthier ? Se connaissaient-ils ? Le cœur battant, Alexis ouvrit la porte.

La femme était vêtue d'un immense imperméable, d'où dépassait une robe vert céladon descendant jusqu'à ses pieds chaussés de ballerines blanches. L'humidité avait constellé ses cheveux de gouttelettes brillantes.

— Je vous dérange peut-être, dit-elle en s'avançant dans le vestibule. Je mourais d'envie de voir vos dessins. Vous êtes-vous occupé de mes fleurs ?

— Pas encore, j'ai pris du retard et...

Elle se retourna vers lui et lui tira gentiment l'oreille.

— Oh, ce n'est pas bien ! Il faut, Alexis !

Il *faut* vous occuper de mes fleurs ! Vous verrez, vous ne serez pas déçu !

Il se demanda comment elle avait appris son prénom, mais déjà elle le prenait par la main et lui murmurait, la bouche tout contre son oreille :

— Allons, soyez un gentil garçon, montrez-moi vos dessins.

Mal à l'aise, Alexis l'entraîna dans la salle de jeux et se mit à commenter ses travaux. Elle l'écoutait, captivée.

— Vous êtes très doué, Alexis. Ce cheval est somptueux. Quelle puissance ! Regardez ce poitrail, ces jambes nerveuses... À vous donner des idées...

Puis, se tournant brusquement vers le jeune homme, elle éclata d'un rire un peu rauque. Cette femme était sûrement à moitié folle et Alexis n'avait qu'une envie : la mettre dehors. Mais une partie de lui-même était sous son empire, vidé de toute volonté.

Elle ne lui laissa guère la possibilité de lutter. Lui retirant des mains le carton à dessins, elle se colla contre lui. Il tenta de s'écarter, mais les lèvres de la femme encerclèrent les siennes, pareilles à des fleurs cannibales. Il céda au démon qui était en lui, et entraîna la femme dans sa chambre.

Alors il oublia tout. Passé, regrets, remords, tout fut emporté dans un océan de jouissance.

— Il faut que je rentre, ou Pochic va me

tuer, dit-elle lorsque la nuit fut tombée. Je m'appelle Sylvie.

Et elle s'assit au bord du lit, aussi peu soucieuse de sa nudité que sur la plage le premier soir. Alexis lui tendit sa robe en détournant les yeux, soudain gêné par la proximité de ce corps nu. Cette femme avait quelque chose de répugnant.

16

Il faisait déjà nuit lorsque Sylvie Pochic arriva à la sardinerie. Pochic s'était attaqué à un poulet froid qu'il dépeçait avec rage.

— Tu m'en laisseras un peu, lui dit sa femme.

— Ah oui ? Il ne t'a pas proposé de dîner ?

— Qui ça, *il* ?

— Tu me le demandes ? Comme si je pouvais savoir ! Y'a tellement d'hommes, sur l'île...

Sylvie haussa les épaules et, renonçant au poulet, se prépara un sandwich de salade et de tomate. Son mari la regardait par en dessous.

— Je vois ! Madame veut maigrir ! Il aime les paquets d'os ? Tu t'es attaquée au croque-mort, cette fois ?

Et il s'empara d'une cuisse. À ce moment, le téléphone sonna. Il lança la cuisse sur la table et se précipita sur le combiné.

— Allô, c'est vous ?

— On dirait ! Et c'est qui, moi, d'après vous ? Et vous, vous êtes qui ?

Il y eut un petit rire. La voix était bizarre, elle semblait déguisée. Sans répondre à la question de Pochic, elle reprit :

— Vous voulez savoir d'où elle vient, votre bourgeoise ? La grande baraque abandonnée, vous connaissez ? Le petit jeune homme qui fait des coloriages... Vous voyez qui je veux dire ? Il cache bien son jeu, mais...

Pochic raccrocha avec violence.

— C'était qui ? demanda Sylvie de sa voix cajoleuse.

Alors Pochic n'y tint plus. Il s'approcha d'elle sans rien dire et la gifla à tour de bras. Puis il la traîna vers la porte en hurlant :

— D'habitude les hommes te suffisaient, mais maintenant il faut que tu t'attaques aux femmelettes ! Ah, il est mignon, le petit Lambert ! Et puis il dessine bien, ce faux jeton, il doit être habile de ses mains ! Salope !

Une heure plus tard, lorsque Sylvie vint se glisser dans le lit, il se mit à la caresser tout en continuant à lui murmurer des injures. Elle pourrait coucher avec tous les hommes de l'île, jamais il n'aurait le courage de se séparer de cette femme dont il était fou.

— Jure-moi que tu ne retourneras pas chez lui, chuchota-t-il. Jure-le-moi. Je suis sûr que c'est moins bien avec lui, hein ?

Sylvie ronronnait, heureuse malgré tout

de retrouver cet homme irascible dont la jalousie l'aiguillonnait.

Il avait raison. Cela n'avait pas été mieux avec Alexis. Il était mignon, mais il faisait l'amour comme un pensionnaire. D'ailleurs, eût-il été un amant merveilleux qu'elle n'eût pas remis les pieds chez lui.

Alors qu'elle s'apprêtait à enfiler sa robe, tout à l'heure, il s'était mis debout devant elle. Il était méconnaissable. Le visage déformé, la bouche tordue, il lui avait crié des injures épouvantables, l'accusant de tous les vices, et elle s'était enfuie, terrorisée.

Pochic était violent, mais elle devait bien reconnaître qu'elle lui en donnait des motifs. Et il était violent *avant* de faire l'amour, mais elle savait comment l'amadouer. Le gamin, lui, était violent *après*. Il ne devait pas être normal.

D'ailleurs il n'intéressait pas vraiment Sylvie. Elle avait été ridicule de s'imaginer qu'il pourrait lui servir d'intermédiaire pour rencontrer le mystérieux habitant du fortin, cet homme au corps magnifique aperçu un jour qu'il prenait un bain de minuit. Elle allait plutôt se débrouiller seule. Elle irait se baigner sur la plage près du fortin. Pour peu que cet homme s'ennuie et qu'il possède une bonne paire de jumelles...

[illegible]

[illegible]

[illegible]

[illegible]

[illegible]

[illegible]

17

Alexis se mit en quête de comprimés d'aspirine. Il y avait longtemps qu'il n'avait pas rencontré de femme et l'émotion lui avait procuré une migraine terrible, au point qu'il était incapable de réfléchir. Il ne parvenait même pas à se rappeler ce qu'ils s'étaient dit en se quittant, mais il avait la vague impression qu'il avait tout gâché.

Cela lui rappela son père. *Mon pauvre Alex, tu as encore tout gâché !* Son père l'appelait toujours Alex. Il trouvait qu'Alexis était un prénom efféminé. *Pas de glace pour Alex*, disait-il à sa femme, *il a les dents fragiles. Alex va m'aider à repeindre le couloir, ce sera plus utile que ses gribouillages.* Et Alexis obéissait. Il ne mangeait pas de glaces. Et il ponçait pendant des heures, les mains irritées jusqu'au sang par le papier de verre... Ces souvenirs étaient pénibles, si pénibles...

Les souvenirs sont dangereux.. Repousse-les !

Sa propre voix le surprit. S'il se mettait à parler tout seul sans s'en rendre compte...

Il s'aperçut qu'il mourait de faim. Il s'empara d'une boîte de cassoulet et en fit chauffer le contenu. Peut-être devrait-il se mettre en quête d'un réfrigérateur d'occasion. C'était agaçant d'être obligé d'aller au village dès qu'il voulait manger autre chose que des conserves. Le fromage, heureusement, se gardait assez bien dans la cuisine qui était fraîche. Il se fit un sandwich au roquefort et s'y attaqua allègrement, tout en tournant la mixture qui chauffait dans la casserole. Puis il mit en train une soupe aux champignons, qu'il laissa mijoter tandis qu'il engouffrait le cassoulet.

Après la soupe, il eut envie de quelque chose de sucré. Il dénicha quelques yaourts et les mangea debout, avec l'intention d'arrêter là son dîner. Mais il tomba par hasard sur des boîtes de sardines à l'huile et les ouvrit. Il les dégusta à la santé de Sylvie, qui devait se languir de lui dans la sinistre sardinerie.

Cette pensée le mit à nouveau mal à l'aise et il décida d'aller se coucher. Comme un automate, il se fit couler un bain. Il éprouvait le besoin de se purifier de cette odeur âcre qui flottait autour de lui. L'odeur de Sylvie, sans doute.

Après son bain il se sentit à nouveau lui-même. Il aéra longuement la chambre et s'endormit aussitôt couché.

Le lendemain matin, il se réveilla avec de la fièvre et décida de passer la matinée au lit. Son seul souci était maintenant de prendre une décision au sujet de Sylvie. Bizarrement, alors qu'elle lui avait procuré des moments d'extase, leur rencontre de la veille faisait naître en lui une inexplicable angoisse. Il n'était pas sûr d'avoir envie de la revoir. Pourtant, une voix s'insinuait en lui, qui disait : *Profite du présent ! Sylvie est belle !*

Il prit finalement le parti d'attendre que les événements décident à sa place et se remit au travail. Sans qu'il pût se l'expliquer, le fortin et son diabolique occupant semblaient soudain avoir perdu de leur intérêt.

18

Alexis longeait la plage, plissant les yeux à la recherche des chevaliers gambette. Les oiseaux, hélas, restaient invisibles.

En revanche, une silhouette gracile se mouvait au loin, au bord de l'eau. Alexis crut un instant que c'était Sylvie et il faillit battre en retraite. Mais la silhouette était trop frêle. Ce devait plutôt être Marine. Marine ou Arielle ? Maudites jumelles ! Alexis appela :

— Arielle !

Elle se tourna dans la direction d'Alexis et dit d'une voix rieuse :

— Non ! Pas Arielle !

C'était donc enfin Marine, celle qu'Alexis avait vue à plusieurs reprises sortir de chez Romain Gauthier. Il s'approcha d'elle.

— C'est vous que j'ai rencontrée l'autre jour près de chez moi ?

— Chez vous ?

— La grande maison, à côté du vieux fortin.

— Ce devait être plutôt ma sœur. Elle

s'occupe de la chèvre, c'est pourquoi elle va souvent par là. On habite toutes les deux avec notre grand-mère. Notre maman est morte.

— Moi aussi, j'ai perdu ma mère lorsque j'étais petit.

— Comme c'est triste !

— Un horrible accident. J'étais là quand c'est arrivé... Mais si on parlait de choses plus gaies ?... Donc, la jeune fille que j'ai vue plusieurs fois sortir du vieux fortin, c'était Arielle ?

— Ah non ! Là, c'était moi !

— Quel casse-tête !... Alors vous connaissez Mlle Bloch ?

— Oui. Et aussi le monsieur.

— Il est comment ?

— Eh bien... Transparent et mystérieux comme la mer !

Elle éclata d'un rire clair auquel semblèrent répondre les goélands argentés, puis elle se tut. Ils marchèrent l'un à côté de l'autre, sans rien dire. Sur le sable gris parsemé d'éclats de mica, l'eau descendante avait laissé des ondulations brillantes. Un peu comme les cheveux de Sylvie, pensa Alexis sans plaisir. Il rompit le silence.

— Et maintenant, vous allez où ?

— Chez M. le Recteur. Il va me faire commencer la philo. Ça va être chouette ! Vous voulez m'accompagner ?

— J'étais venu dessiner... mais finalement je n'en ai plus très envie. Et mes modèles ne sont pas là.

— Vos modèles ?

— Les chevaliers gambette : des oiseaux magnifiques avec des pattes couleur de feu et un bec orange et noir. Ils semblent s'être volatilisés.

— Alors je vous emmène.

Un quart d'heure plus tard, Alexis était assis dans un fauteuil breton plus raide qu'un prie-Dieu, en train de boire une infusion concoctée par le recteur.

Les deux hommes se découvrirent un intérêt commun : l'observation de la nature. Ils possédaient tous deux les vertus nécessaires à cette activité : silence, patience et précision. Le recteur, passionné de photographie, avait réalisé une série de photos de nature dignes d'un professionnel. Il proposa à Alexis de lui prêter celles qui pourraient l'intéresser pour ses travaux.

Comme Alexis quittait le presbytère, un peu plus tard, il croisa Arielle venue chercher sa sœur. Cette fille le mettait mal à l'aise. Elle ne devait guère avoir plus de seize ans, mais on sentait chez elle les désirs d'une femme mûre. Devant elle, il avait l'impression d'être redevenu un gamin, comme si elle possédait un pouvoir capable de l'annihiler.

— Et votre enquête, elle avance ? interrogea-t-elle avec un sourire engageant. Quand viendrez-vous à la maison ?

— Je ne sais pas, bafouilla-t-il. Il ne faut pas m'en vouloir, je suis débordé de travail...

Balbutiant un au revoir, il prit la fuite. Sa conversation avec le recteur l'avait épuisé. L'ampleur de sa tâche lui pesait, tout à coup, il avait l'impression d'être écrasé sous un bloc de marbre glacé. Il était venu sur l'île avec l'intention de confondre Romain Gauthier, mais plus le temps passait et plus ce projet lui semblait inaccessible et vain. Il se sentait impuissant, incapable d'affronter son ennemi. Pour un peu, il eût renoncé.

DEUXIÈME PARTIE

LE FACE-À-FACE

DEUXIÈME PARTIE

L'ÉLEVAGE

[illegible]

[illegible] commençait à se faire sentir, il [illegible] partout dans la [illegible] l'humanité.

Après avoir [illegible] de la famille de

19

En quittant la maison du recteur, Alexis se rendit au village pour faire une provision de cigarettes, puis il acheta du pain et une tranche de jambon dans l'intention de pique-niquer sur la plage. Il ne s'aperçut donc que le soir que les placards étaient presque vides. Il n'avait pas souvenir d'avoir tant mangé ces derniers jours. Cependant, en vidant un cendrier dans la poubelle, il y trouva un nombre impressionnant de boîtes de conserve vides, et comprit qu'il s'était encore empiffré sans y prêter attention. Ces moments d'activité machinale, si fréquents depuis la mort d'Élise, devenaient inquiétants.

Il finit par dénicher une boîte d'olives vertes qu'il monta dans sa chambre avec une bouteille de bordeaux. L'approche de l'hiver commençait à se faire sentir, et il était obligé d'entretenir des feux un peu partout dans la maison pour lutter contre l'humidité.

Après avoir bu la moitié de la bouteille de

vin, il se sentit envahi par une douce chaleur incitant au sommeil, et il décida de se coucher.

Comme il fermait les volets, il aperçut une silhouette masculine qui poussait le portillon de l'enclos entourant le fortin. Cette silhouette massive, au port de tête orgueilleux, Alexis l'eût reconnue entre mille... L'homme emprunta le sentier côtier.

Alexis n'hésita pas une seconde. Il enfila son blouson, dégringola les marches et sortit son vélo. Il referma la porte avec soin et se mit à pédaler avec énergie. En empruntant la route, il pourrait rejoindre le sentier assez loin en avant du promeneur.

Le vent s'était levé. Les arbres oscillaient dans le ciel faiblement éclairé par un croissant de lune. La nuit semblait animée d'une vie intense et, tout en avançant sur la route, toutes lumières éteintes, Alexis sentit soudain que tout, enfin, allait commencer.

Lorsqu'il fut certain d'avoir dépassé Romain Gauthier, il dissimula sa bicyclette dans un creux de terrain. Il eut vite franchi les quelques mètres qui le séparaient du sentier côtier. Celui-ci était bordé de buissons de genêt entre lesquels il se coula.

Presque aussitôt il vit arriver son ennemi, battant les herbes avec une branche. Il avançait d'un pas rapide et bientôt il ne fut plus qu'à quelques mètres, révélant alors son visage à Alexis.

Il n'avait plus rien de commun avec le visage parfait dont se souvenait le jeune homme. Déformé par un rictus, la peau luisante de transpiration, le regard cruel... c'était là le visage d'un dément. Affolé, Alexis ferma les yeux.

C'est pourquoi il ne vit ni n'entendit l'animal qui se ruait sur lui. Il sentit soudain une haleine chaude près de sa figure et, lorsqu'il rouvrit les yeux, il se trouva à quelques centimètres d'un masque bestial qui lui sembla tout droit sorti des enfers. Bondissant sur ses pieds, il se mit à courir comme un fou sans même penser à récupérer son vélo.

Il se retrouva dans sa chambre sans savoir comment il était rentré à la maison. Il se coucha tout habillé, le corps parcouru de tremblements, et sombra presque instantanément dans un sommeil hanté de cauchemars dans lesquels l'homme à l'horrible visage essayait en vain de pousser Élise dans l'escalier, Élise qui le regardait sans le reconnaître et qui hurlait.

Au matin, il décida de quitter la chambre verte. La vision du fortin l'épouvantait. Il s'installa dans la chambre nord-ouest qui s'ouvrait sur la campagne, et dont les murs mauves et la cheminée noire étaient à l'unisson avec sa propre tristesse.

20

Romain Gauthier repoussa sa machine à écrire et s'empara d'un stylo, espérant que les idées couleraient mieux au rythme de sa main. Il bourra une pipe, l'alluma en prenant son temps, et porta ses regards vers l'horizon où la mer grise moutonnait sous un ciel tumultueux. Finalement il brancha la bouilloire électrique et se prépara une tasse de café très fort. Sans succès. Il était incapable d'aligner plus que quelques phrases vides de toute inspiration, et il savait pourquoi.

La nuit précédente, il avait reconnu le jeune homme. En entendant le chien aboyer, il s'était retourné et avait vu une silhouette qui filait comme un lapin. Il avait alors rappelé l'animal, le regrettant aussitôt. N'était-ce pas l'occasion de découvrir ce que cherchait son voisin ?

Romain Gauthier avait beau fouiller sa mémoire, il ne se rappelait pas qu'Élise lui eût parlé de cet Alexis Lambert. Pourtant celui-ci l'avait connue de façon assez intime pour faire d'elle de multiples portraits. Et il avait remué ciel et terre pour obtenir de louer la maison. Dans quel but ? Pourquoi avait-il fait en sorte de se trouver sur son chemin, la nuit précédente, pour finalement s'enfuir sans l'avoir abordé ?

La seule façon de le savoir était évidemment de rencontrer le jeune homme. Mais cela signifiait sortir de sa retraite, s'exposer... Romain Gauthier décida d'en prendre le risque. Tout valait mieux que cette inquiétude sans nom. Comme il ignorait de quelle façon se déroulerait l'entrevue, il préférait que la rencontre ait lieu en l'absence de Renée. Ce serait donc pour le lendemain, car Renée avait prévu de passer l'après-midi sur le continent. Quant à Dédé, il ne serait pas difficile à éloigner.

Romain Gauthier rédigea un bref message qu'il alla glisser sous la porte de la maison.

21

Le vent tordait les arbres en sifflant, le bois craquait sous la torture et la mer hurlait sa fureur. Il semblait pourtant à Alexis que la clameur de la tempête était couverte par les battements tumultueux de son cœur.

Le portillon lui fut arraché des mains lorsqu'il le poussa, et le jeune homme marcha vers le fortin, le dos courbé, serrant nerveusement le col de son blouson.

Il frappa du poing contre la porte de bois massif et s'aperçut qu'elle était entrouverte. Comme un piège dans un film d'épouvante, pensa-t-il.

Au fond d'un passage étroit et voûté, une autre porte s'ouvrait sur une pièce baignée dans la pénombre. Alexis s'avança.

Romain Gauthier était assis dans un profond fauteuil de cuir, tournant le dos au visiteur. Sa chevelure frisée, éclairée par le feu qui brûlait dans la cheminée, formait une auréole autour de sa tête. Le chien noir dormait près de lui, paisible.

— Avancez, monsieur Lambert, dit l'écrivain. Avancez et n'ayez pas peur de ce que vous allez découvrir. Vous allez comprendre pourquoi je ne suis pas allé vous ouvrir la porte, pourquoi je vous reçois dans cette ambiance crépusculaire, pourquoi je ne sors pas...

Romain Gauthier se leva et, s'étant approché du feu, se tourna d'un mouvement brusque, exposant son visage à la lueur des flammes.

Alexis comprit alors que ce qu'il avait pris, l'autre nuit, pour le faciès d'un être diabolique, n'était en réalité que la ruine tragique d'un visage. La peau était boursouflée, marbrée de plaques lisses et rosâtres, creusée par endroits de sillons plus sombres. Une des paupières était tirée vers le haut, faisant ressortir l'œil cerné de blanc, tandis que l'autre n'était qu'un bourrelet de chair plissée. Sur la tempe droite, une surface aussi grande qu'une main d'enfant était dépourvue de tout cheveu, et la chair ainsi mise à nu semblait prête à laisser exsuder une humeur malsaine. Pris de nausée, Alexis détourna les yeux.

Romain Gauthier lui offrit son fauteuil, choisissant pour lui-même celui qui était en retrait de la cheminée, dans l'ombre.

— Vous vous y habituerez, du moins je l'espère. Renée et son frère ne voient plus tout cela, dit-il en se passant une main sur le visage. J'ai eu un accident... Ma voiture a pris feu et on m'en a retiré à moitié mort. Dommage... Je veux dire dommage qu'on m'en ait sorti. Quoi qu'il en soit, vous voyez le résultat. Et je ne vous montre pas mon corps... Mes mains devraient suffire à vous donner une idée de ce à quoi il ressemble désormais.

Même dans l'ombre, en effet, les mains avaient un aspect répugnant. Seule la voix était intacte. La voix et le regard. Lorsque Romain Gauthier tournait légèrement la tête et recevait de biais la lueur rougeâtre des flammes, son regard étincelait.

— Voilà pourquoi je me cache, poursuivit-il. J'ai essayé de tenir quelque temps à Paris, mais j'ai vite compris que ma vie y serait intolérable. Chaque fois que je m'aventurais dans la rue, j'avais envie de me suicider. C'est, je suppose, ce que ressentent tous les êtres qualifiés d'anormaux. On oublie que la norme, ce n'est jamais que la moyenne, c'est-à-dire ce qui est ordinaire. L'ordinaire est-il intéressant ? Vaste question !... Bref, j'ai préféré venir m'enterrer ici. Les médecins m'ont promis de réaliser des miracles lorsque les cicatrices seront consolidées. Connaissez-vous leur dernière invention ? On introduit un ballon à valve sous la peau saine, à proximité de la cicatrice, et on le gonfle. La peau étant élastique, on obtient bientôt une quantité de peau suffisamment importante pour pouvoir extraire la cicatrice. Miraculeux, n'est-ce pas ?

Quelle ironie et quel désespoir il y avait, dans la voix de cet homme ! Quant à Alexis, ces détails chirurgicaux le dégoûtaient et il n'avait qu'une envie : quitter cette forteresse et aller courir sur la plage, les oreilles pleines de la colère du vent. Il ne parvenait plus à écouter son hôte qui ne cessait de parler. Pour éluder les questions, sans doute...

— Sur la table, vous trouverez deux verres et une bouteille de B & B. Bénédictine et brandy, une merveille.

La pièce était à peine éclairée par deux minuscules fenêtres creusées dans le mur. La pierre omniprésente aurait dû accentuer la ressemblance avec une prison, mais le mobilier rappelait plutôt une salle de couvent : une longue table étroite, des chaises à hauts dossiers, un banc longeant tout le mur qui faisait face aux fenêtres. Quelques bouquets de fleurs séchées, disposés là sans doute par Renée, et, bien sûr, pas un miroir.

Au bout de quelque temps, rassuré par la pénombre et par le chuchotement apaisant qui s'élevait de l'âtre, Alexis parvint presque à oublier l'apparence horrible de son hôte. Celui-ci lui ayant confié qu'il était écrivain — comme s'il pouvait l'ignorer ! —, Alexis parla de ses propres travaux. De son projet de livre sur les oiseaux, qui justifiait le choix de la maison comme résidence provisoire.

— Vous ignorez sans doute, lui dit Romain Gauthier, que j'ai passé mes vacances d'enfant dans cette maison.

Ce fut pour Alexis une confirmation de ses craintes. S'il avait vécu dans cette maison, Romain Gauthier connaissait évidemment toutes sortes de moyens d'y pénétrer. Alexis avait songé un moment à lui parler des dessins volés et du vélo crevé, dans l'espoir de l'amener à se trahir, mais il y renonça. Romain Gauthier avait préparé l'entrevue dans les moindres détails, et il ne se laisserait pas prendre à un piège aussi grossier.

L'écrivain parlait maintenant du fortin.

— Une petite forteresse construite du temps de Vauban. Achetée il y a vingt ans par un historien qui l'a aménagée avant de s'attaquer à une commanderie de Templiers dans le Lot... N'était-ce pas pour moi une retraite idéale ? Parfaitement isolée... du moins jusqu'à votre arrivée... que je n'ai pas vue d'un très bon œil, vous le devinez. Puis Renée m'a dit qui vous étiez, et j'ai pensé qu'entre artistes nous pourrions nous comprendre. La réclusion est parfois dure à supporter.

Alexis ne croyait pas un mot de ce prétendu besoin de communication. Il n'avait pas l'intention d'entrer dans le jeu de son ennemi. Il regarda autour de lui, l'air intéressé.

— Très originale, en effet, cette villa ! remarqua-t-il avec un sourire crispé.

— Voulez-vous visiter ? Ce ne sera pas long !

Les deux hommes se levèrent et Romain Gauthier, précédant Alexis, ouvrit une porte basse de l'autre côté de la cheminée.

— Sur la gauche, les chambres de Renée et de Dédé. Ici, la cuisine. Petite, mais Renée s'y plaît. Et moi aussi. Parfois, quand je ne trouve pas le sommeil, je viens faire du café, j'allume un feu dans le four à pain, et je lis une partie de la nuit.

Ils arrivèrent bientôt dans la pièce qui servait de bureau à Romain Gauthier. Un agréable refuge, malgré la pénombre qui y régnait. Des monceaux de livres et de papiers en désordre donnaient une impression de labeur qui rappelait à Alexis ses propres travaux, tout ce qui faisait sa vie. L'espace d'un instant il regretta presque de ne pouvoir devenir l'ami de l'homme qui travaillait là.

Il oublia vite ce vague regret. Dans un sous-verre posé sur le bureau, Élise lui souriait, rayonnante.

22

Aussitôt rentré, Alexis monta à la salle de jeux. Il sortit ses tubes de peinture à l'huile et s'attaqua au trompe-l'œil qui couvrait le mur du fond. Il ajouta quelques détails pour le rendre encore plus semblable à l'appartement d'Élise. Puis il se mit à peindre un corps disloqué au bas des marches : le corps d'Élise tel qu'on avait dû le trouver.

Lorsqu'il eut terminé, il recula et contempla son œuvre en clignant des yeux. C'était parfait. Les jambes, vêtues de jeans, complètement désarticulées, le buste tordu, les yeux révulsés... La scène était d'un incroyable réalisme. « Génial ! » cria-t-il en se retournant vers un public imaginaire.

Il montrerait cela à Romain Gauthier, dans l'espoir de provoquer des aveux. Un jour, bientôt, l'occasion se présenterait puisqu'ils s'étaient quittés presque amis. En apparence...

Lorsqu'il avait vu la photo d'Élise dans le bureau de l'écrivain, Alexis n'avait pas cherché à cacher son trouble. « Je la connaissais, c'était une amie », avait-il dit, sans préciser, bien sûr, que c'était sa seule amie. Il ne fallait pas éveiller la méfiance de l'écrivain. Celui-ci d'ailleurs avait continué à jouer la comédie, il s'était livré à des confidences.

— Élise était la femme de ma vie. Les relations n'étaient pas faciles entre nous, je suis trop exigeant et, je le crains, d'une jalousie maladive...

Avec quelle habileté il s'était accusé de tous les torts ! N'était-ce pas la meilleure attitude à adopter pour faire croire à son innocence ?

— Ce jour-là, nous devions venir ici mais nous avons eu une scène terrible. Mon incurable jalousie, encore. Je lui ai dit qu'il était inutile de compter sur moi pour le week-end. Plus tard, j'ai eu des regrets. Je suis retourné chez elle en fin d'après-midi. Elle n'a pas répondu à mon coup de sonnette. J'ai bien sûr pensé qu'elle refusait de m'ouvrir... En réalité elle devait être déjà morte ! Je suis reparti bouleversé. J'ai roulé à tombeau ouvert, et à la sortie de Paris j'ai perdu le contrôle de mon véhicule... J'ai heurté un camion de plein fouet, ma voiture a pris feu... Lorsque les journaux m'ont appris le décès d'Élise, j'ai regretté de ne pas avoir succombé à mes blessures... Croyez-moi, l'horreur qu'est devenu mon visage n'est rien à côté du remords qui me poursuit.

Alexis avait exprimé son scepticisme. Des remords éternels pour une simple dispute ? « Élise, véritable acrobate, aurait fait une chute mortelle parce que votre dispute l'avait bouleversée ? » avait-il demandé avec ironie. Mais Romain Gauthier ne s'était pas laissé décontenancer. Il avait trouvé une échappatoire :

— Vous avez cru aux résultats de l'enquête ! La chute accidentelle dans l'escalier... Quant à moi, je refuse cette thèse grotesque !

Alexis n'en avait pas cru ses oreilles. Le moment des aveux était-il arrivé ?

— Élise *s'est jetée volontairement* dans l'escalier ! avait poursuivi Romain Gauthier. Elle était enceinte d'un peu plus d'un mois. Elle ne me l'avait pas dit, me laissant seulement entendre qu'elle aurait bientôt une grande nouvelle à m'annoncer... Je ne l'ai appris que par les journaux, beaucoup plus tard, en sortant de mon coma. Lorsqu'elle a cru me perdre, elle a dû se dire qu'il était inutile de mettre au monde un enfant qui n'aurait pas de père. Elle s'est précipitée dans l'escalier, espérant provoquer une fausse couche, et le résultat a dépassé ses espérances.

Alexis avait été atterré. Il n'avait jamais eu sous les yeux le journal à scandales qui mentionnait la grossesse d'Élise. Ce fait nouveau, en permettant de transformer le meurtre en chute délibérée, arrangeait trop bien les affaires de l'assassin !

La conversation en était restée là, car ils avaient alors entendu frapper à une fenêtre de la cuisine. C'était Marine. Ils avaient échangé quelques mots, puis Romain Gauthier avait mis un disque et Alexis avait saisi ce prétexte pour les quitter.

— Je n'apprécie pas beaucoup Schumann, avait-il expliqué. C'était sans doute un compositeur génial, mais il était fou !

Il était rentré à la maison avec l'impression qu'il allait, lui aussi, perdre la raison. Trop de choses s'étaient passées en deux heures.

Il lui fallait maintenant prouver qu'Élise n'avait pu se jeter volontairement dans l'escalier, après quoi il retournerait voir Romain Gauthier pour lui faire admettre que le meurtre était la seule hypothèse plausible. Le suicide était évidemment à exclure, Élise ne pouvant espérer se tuer dans un escalier d'une douzaine de marches.

Il imaginait déjà le rire ironique de Romain Gauthier. « Avez-vous pensé au mobile, Alexis ? Qui avait un mobile pour tuer Élise ? » Alexis répondrait alors : « Vous, monsieur Gauthier. Vous l'avez tuée pour lui voler l'œuvre qu'elle portait en elle, qu'elle venait de commencer d'écrire, et ce crime vous a apporté le succès, la gloire ! »

Alexis quitta la salle de jeux et descendit à la cuisine. Les émotions lui avaient ouvert l'appétit. Après un repas copieux, il se mit à laver la vaisselle avec des gestes mécaniques. Puis il voulut allumer une cigarette, mais il ne put mettre la main sur son paquet. Il ne savait même pas où chercher. Tout s'emmêlait dans sa tête.

Désemparé, il monta dans sa chambre et se jeta sur son lit. Il s'endormit immédiatement.

23

Le lendemain, rentrant d'une séance de travail dans la nature, Alexis trouva la maison dans un effroyable chaos. Au rez-de-chaussée, une vitre avait été brisée. Dans la cuisine, pots et packs de lait éclatés se mélangeaient à des traînées de moutarde et de confiture. Le matelas sur lequel dormait Alexis avait été jeté par la fenêtre, et plusieurs tubes de peinture avaient été pressés et étalés sur ses travaux. On avait projeté contre les murs documents, livres et feuilles de dessin. Sur le tableau noir, enfin, on avait tracé à la craie, d'une écriture irrégulière : *Un bon conseil, petit con : file avant qu'on s'attaque à ta jolie frimousse !*

Le message, bien entendu, était anonyme, mais Alexis savait de qui il émanait. Romain Gauthier avait tenté de faire croire que c'était l'œuvre d'une bande de vandales. La vulgarité du message inscrit au tableau était habile, mais l'écrivain s'était trahi en ne faisant aucune faute d'orthographe !

Alexis passa une partie de la nuit à réparer les dégâts — ceux, du moins, qui pouvaient l'être. Puis il s'allongea, la tête vide, le cœur en déroute.

Au matin, enfin, il prit une décision. Il alla glisser un mot sous la porte du fortin. *J'ai des révélations à vous faire au sujet d'Élise. Venez prendre le café vers 15 heures. Je serai seul. Votre voisin.* Bien sûr, il ne mentionnait pas dans quel état il avait trouvé la maison. Il préférait laisser croire qu'il n'avait aucun soupçon, pour mettre l'autre en confiance.

Romain Gauthier arriva à 15 heures précises. Il portait des lunettes noires qui lui mangeaient la moitié du visage sans parvenir à en atténuer la monstruosité. La peau violacée et l'épaisse chevelure sombre accentuaient encore l'apparence diabolique. Alexis réprima un frisson. N'avait-il pas pris un risque insensé ? S'il lui arrivait quelque chose, qui irait soupçonner cet homme qui — Renée Bloch le jurerait en toute bonne foi — ne sortait jamais de chez lui ?

Alexis brancha la cafetière en parlant de choses et d'autres. « J'ai dû aller sur le continent hier pour acheter un radiateur électrique que je promène de pièce en pièce, les cheminées ne suffisaient plus... » Et, bien entendu, Romain Gauthier ne semblait pas étonné d'apprendre que son voisin était allé la veille sur le continent, puisqu'il avait profité de son absence pour mettre la maison à sac ! « Je vais peut-être devoir rester ici plus longtemps que je l'avais escompté. Mes travaux n'avancent pas vite... Et puis vous savez comment c'est, les contingences matérielles dévorent le temps. Un simple carreau cassé, et on passe une matinée à calfeutrer... » Ayant dit cela, Alexis constata avec satisfaction que son visiteur commençait à montrer des signes d'impatience. Était-il enfin en train de perdre son monstrueux sang-froid ?

Alexis se leva et servit le café avec lenteur, avant de se rasseoir et de contempler le plafond d'un air rêveur.

— Je ne me lasse pas de ce plafond à caissons, dit-il d'un ton un peu mondain.

Alors Romain Gauthier n'y tint plus. D'une voix oppressée, il demanda :

— Vous avez des révélations à me faire ?

— En effet. Depuis que nous nous sommes vus, j'ai beaucoup réfléchi. Ce que vous m'aviez dit sur la mort d'Élise m'avait troublé. Car je me suis longtemps senti coupable à son sujet. Il faut que je vous explique pourquoi. Moi aussi, je l'avais vue cet après-midi-là.

Et Alexis raconta. L'appartement qu'elle devait lui prêter, l'impossibilité soudaine dans laquelle elle était de le lui laisser, parce qu'elle ne partait plus. La valise dissimulée dans un coin et la tenue vestimentaire d'Élise, qui démentaient ses paroles. Le désarroi dans lequel elle semblait se trouver. L'inquiétude — teintée de curiosité — d'Alexis, qui était revenu tourner autour de chez elle, s'était posté dans la librairie. La brève apparition de Romain Gauthier — qu'Alexis ne connaissait pas, alors — puis, quelques jours plus tard, l'atroce nouvelle dans les journaux. Il poursuivit :

— Ce que vous m'avez révélé l'autre jour — sa grossesse, votre conviction qu'elle s'était suicidée — m'avait bouleversé. Vous comprenez, si vous aviez raison, alors j'aurais peut-être pu, en remontant sonner chez elle, éviter qu'elle commette ce geste...

Romain Gauthier faillit s'étouffer en avalant son café. Alexis l'épiait, se délectant de son trouble. Le jaloux ne pouvait tolérer l'idée qu'un autre que lui eût pu aider Élise. Ou bien commençait-il à pressentir le but de ces explications ?

— J'ai donc réfléchi, reprit Alexis. Pour ma propre tranquillité, il me fallait prouver qu'Élise n'avait pu se jeter elle-même dans son escalier.

— Mais...

— Attendez ! Si je suis allé sur le continent, hier, ce n'était pas seulement pour acheter un radiateur... Je voulais relire la presse de ce fameux mois d'août. J'ai rapporté les quelques photocopies que voici.

Il n'y eut pas de réponse. Romain Gauthier contemplait le feu, le front couvert de petites gouttes de transpiration.

— J'ai même retrouvé la feuille de chou qui parle de sa grossesse, reprit Alexis. Élise était enceinte, selon le médecin, d'un mois et demi. À ce stade une femme ne sait pas toujours qu'elle est enceinte, n'est-ce pas ?

— Mais elle le savait, puisque depuis une quinzaine de jours elle me disait qu'elle aurait bientôt une grande nouvelle à m'annoncer. Elle attendait sans doute une confirmation.

— Eh bien, voici la première de mes révélations : trois mois plus tard, Élise devait partir en tournée aux États-Unis. Et si c'était cela, cette fameuse grande nouvelle, et non sa grossesse ?

Romain Gauthier se leva et se mit à marcher de long en large.

— Elle m'en aurait parlé !

— Pourtant elle ne l'a pas fait, et vous devinez pourquoi : parce que vous étiez tellement jaloux que l'idée de la voir partir au loin pendant deux mois, avec des danseuses *et des danseurs*, vous aurait déplu !... Et maintenant, écoutez-moi bien. Admettons qu'Élise ait su qu'elle était enceinte. Si cela passait avant sa carrière, elle était obligée de renoncer à la tournée... mais cette hypothèse ne tient pas, puisque la veille de sa mort elle me parlait encore de cette tournée avec enthousiasme. Elle comptait donc bien l'effectuer ! Et si sa carrière passait avant tout, elle se serait fait avorter.

Aucune femme, aujourd'hui, ne se jetterait dans un escalier pour se débarrasser de son enfant. En tout cas certainement pas une danseuse qui a besoin d'être au mieux de sa forme... Qu'en pensez-vous, monsieur Gauthier ? Ne nous faut-il pas conclure qu'Élise ignorait être enceinte ?

— Admettons.

— Auquel cas elle n'avait aucune raison de se jeter dans l'escalier. Si elle avait voulu se suicider, elle aurait plutôt sauté par la fenêtre...

Alexis se tut. Romain Gauthier s'était rassis. Le vent secouait les fenêtres, hurlait dans la cheminée. De temps à autre, durant de brefs moments d'accalmie, on n'entendait plus que le murmure du feu, comme le froufrou soyeux d'un léger tissu s'agitant dans le vent. Ce fut Romain Gauthier qui rompit le silence.

— En somme, vous essayez de me démontrer qu'Élise n'a pu se jeter dans l'escalier pour tuer l'enfant qu'elle attendait de moi... puisqu'elle ignorait son existence. C'est réconfortant, d'une certaine manière. Seulement j'ai peine à croire à un accident. Alors ?

Alexis fit attendre sa réponse. Il découvrait avec délice le plaisir que ressent le chat qui pourchasse l'oiseau. Il remplit à nouveau les deux tasses et reprit :

— Alors, monsieur Gauthier ? En relisant la presse, j'ai mis le doigt sur un détail qui, semble-t-il, a échappé aux enquêteurs. Lorsque le gardien, inquiet, a voulu pénétrer dans l'appartement d'Élise, il a dû enfoncer la porte. Cela signifie qu'il n'avait pas le double des clés, nous sommes d'accord ? Or vous savez comme moi que l'appartement d'Élise était rempli de plantes. Quelqu'un devait bien les arroser lorsqu'elle s'absentait ! Quelqu'un en qui elle avait suffisamment confiance pour lui remettre un deuxième jeu de clés. Avant de conclure à un accident, les enquêteurs auraient été avisés de rechercher le possesseur de ce double...

Alexis parlait de plus en plus vite, sans tenir compte des protestations de son invité.

— Laissez-moi terminer, ou je vais perdre le fil. Cet homme donc — ou cette femme —, en possession d'un jeu de clés, pouvait entrer comme il le voulait chez Élise, sans attendre qu'elle lui ouvre la porte. Il pouvait ainsi la surprendre en haut, la pousser dans l'escalier et repartir comme il était venu !

Alexis se tut. Il n'osait lever les yeux vers Romain Gauthier. Lorsqu'il entendit ce dernier prendre une inspiration, comme pour parler, il eut peur soudain. Il dit très vite :

— Quelle importance, d'ailleurs ? Rien ne pourra ressusciter Élise, n'est-ce pas ? Je suis stupide... Je vous fais perdre votre temps et, qui plus est, je remue le couteau dans une plaie à vif. Ne m'en veuillez pas ! Changeons de sujet. (Puis, regrettant soudain d'avoir battu en retraite, il ajouta :) Cela vous ferait-il plaisir de revoir la maison de vos vacances d'enfant ?

Il tenait à amener l'écrivain jusque dans la salle de jeux. Lui montrer le trompe-l'œil arrangé par ses soins faisait partie de son plan.

Lorsque Romain Gauthier vit le regard d'Élise, vitreux comme celui d'un poisson mort, et ses cheveux étalés sur la dernière marche, son visage se vida de tout son sang.
« Pardonnez-moi, dit Alexis. J'avais oublié cette scène. Je l'ai peinte comme une sorte de catharsis... Je suis navré. »

Mais Romain Gauthier ne l'écoutait pas. Il dévalait déjà l'escalier. Il quitta la maison sans un au revoir.

24

Durant toute la nuit le ciel se déversa sur l'île avec rage. Alexis se réfugia dans la cuisine, où il alluma un feu d'enfer, et il passa la nuit à boire du café et à fumer en repensant à son entrevue avec Romain Gauthier.

Au matin, épuisé, il se coucha et dormit jusqu'au soir d'un sommeil sans rêves. Il descendit alors dans l'intention de se préparer une soupe. La pluie s'était arrêtée. Il déverrouilla la porte d'entrée et l'ouvrit pour respirer l'odeur de la tempête. Dans le crépuscule, les silhouettes noires des arbres avaient quelque chose d'inquiétant. Un vol de sternes passa, très bas sur l'horizon, lançant ses *kirick-kirick* interrogateurs. L'air était glacial. Alexis referma la porte.

Il la sentit buter sur un objet dur et, se baissant, vit un paquet enveloppé dans du papier kraft. Il s'en empara et retourna s'installer dans la cuisine. Puis il alluma une flambée et mit de l'eau à chauffer avant de se décider à ouvrir le paquet.

C'était le livre dont Romain Gauthier

avait volé l'inspiration à Élise. L'auteur l'avait dédicacé. *Pour Alexis Lambert, afin de me faire pardonner mon départ précipité d'hier, en espérant que ce témoignage d'une vie exemplaire — hélas trop courte ! — lui apportera un peu de sérénité.*

Quel jeu jouait donc cet homme ? S'il pensait qu'Alexis n'avait pas lu le livre, pourquoi lui offrait-il les éléments de sa propre accusation ? Romain Gauthier avait bien sûr compris vers quoi tendait la démonstration de la veille : vers la certitude qu'Élise avait été assassinée par un de ses proches. Or, à qui d'autre que son amant eût-elle pu confier ses clés ? Le mobile du meurtre n'avait pas été évoqué, et voilà que l'écrivain, en attirant l'attention sur son roman, l'apportait sur un plateau d'argent. Que cherchait-il donc ?

Il veut me provoquer. Cette idée s'imposa soudain à Alexis avec force. En admettant qu'il décide d'aller trouver Romain Gauthier pour l'accuser, que se passerait-il ? L'homme nierait, bien sûr, et il attendrait une occasion de se débarrasser de ce voisin trop perspicace. Alexis allait-il mourir dans un *accident*, comme Élise ?

Peut-être était-ce en définitive la meilleure chose qui pût lui arriver. Il ne pourrait faire revivre Élise, pas plus qu'on n'avait pu lui rendre sa mère. Il avait perdu les deux seules femmes qu'il avait vraiment aimées, et cette pensée l'obsédait parfois au point qu'il lui arrivait de passer des nuits entières sans dormir.

Son regard emporté à la crête des flammes se fatigua cependant. Hypnotisé par les battements réguliers d'un volet, il sombra dans une semi-léthargie.

Romain Gauthier se tenait devant lui, lui tournant le dos, et sonnait à une porte. Une femme vint lui ouvrir, et Alexis se glissa entre eux sans qu'aucun des deux ne le vît. Leurs bouches remuaient mais aucun son n'en sortait. Finalement, Romain Gauthier gifla la femme, et ce ne fut qu'au moment où elle s'enfuit qu'Alexis la reconnut. Élise ! Elle grimpait maintenant le petit escalier quatre à quatre, le visage déformé par le chagrin, sans plus prêter attention à son visiteur... Alors celui-ci, sur la pointe des pieds, monta à son tour l'escalier. Il y eut une exclamation de surprise, des cris inarticulés, un bruit sourd, et le corps d'Élise tomba aux pieds d'Alexis. Romain Gauthier redescendit tranquillement, enjamba le corps puis, sans un regard en arrière, il sortit et tira la porte derrière lui.

Un coup de vent plus violent que les autres réveilla Alexis. La pièce était remplie de fumée. Suffoquant, il alla ouvrir la fenêtre, poussa le volet et respira à grandes goulées l'air chargé de sel.

Il avait perdu toute notion de temps, ses pensées semblaient brouillées, et pourtant il avait le sentiment d'une extrême lucidité.

Agressif, il redressa la tête en disant à voix haute, comme s'il s'adressait aux arbres :

— Voilà comment les choses se sont passées ! C'est vous, Gauthier, qui avez tué Élise ! Vous ne pouviez pas supporter son indépendance, n'est-ce pas ? Vous l'avez tuée et je le prouverai !

Il se tut brusquement, troublé par l'irruption d'une idée gênante. Gauthier ne pouvait avoir tué Élise lors de sa première visite, au moment où il avait annulé le week-end, puisque lui, Alexis, l'avait vue ensuite. Gauthier était donc revenu plus tard. Ce rêve n'avait pas de sens.

— Et alors ? cria encore Alexis. Peu importe à quel moment vous l'avez tuée ! Vous aviez la clé ! Vous pouviez entrer chez elle comme vous vouliez !

Soudain Alexis se pencha en avant, scrutant les buis et les rhododendrons, à quelques mètres de la maison. N'avait-il pas entendu craquer une branche ?

Il referma la fenêtre avec violence.

25

La pâte se désagrégeait. Renée y ajouta de l'eau et se remit à la pétrir sans y prêter attention, absorbée par ses pensées.

Romain Gauthier avait changé. Il avait toujours créé autour de lui un climat lourd, mais depuis quelques jours il s'était encore assombri. Tout en versant une pluie de farine sur la pâte à tarte, Renée tenta de se rappeler quand l'humeur de son patron avait commencé à se dégrader. « Samedi », dit-elle soudain à voix haute. C'était en rentrant du continent, ce jour-là, qu'elle avait trouvé Romain Gauthier plus sinistre encore que d'habitude. Et depuis lors les choses n'avaient fait qu'empirer. De sinistre, il était devenu tragique.

Mais on dirait qu'il est plus vivant..., pensa Renée, et cette idée bizarre la surprit. Pourtant c'était vrai. Au fortin, Romain Gauthier avait vécu jusqu'à présent comme un fantôme. Depuis quelques jours, c'était comme si un corps était venu habiter le suaire du fantôme et, dans un sens, c'était inquiétant. Qu'adviendrait-il si, un jour, il ne supportait plus cette retraite ? S'il décidait soudain de reprendre une vie normale, de retourner à Paris ? Renée, qui ne pourrait l'y suivre tant qu'elle aurait la charge de son frère, serait obligée de chercher à nouveau du travail.

Elle baissa les yeux. La pâte ressemblait à du plâtre commençant à durcir. Jamais elle ne pourrait l'étaler. Elle la lança dans la poubelle en grommelant. Alors la voix du recteur s'éleva dans son dos.

— Vous jetez, et il y a des gens qui ont faim.

Elle se retourna, rouge de honte, et s'écria aussitôt :

— Mon pauvre garçon, quand donc arrêteras-tu tes plaisanteries stupides ?

Dédé se tenait près de la porte, hilare, l'œil gauche tressautant dans son orbite. C'était un vrai bonheur pour lui de jouer à la moindre occasion de son don d'imitation, toujours avec le même succès. Renée s'approcha de lui :

— Dis donc... c'est l'écharpe de M. Gauthier ! Tu ferais bien de la remettre tout de suite à sa place. Le patron n'est pas dans ses meilleurs jours... Et cesse de ricaner !

Le sourire de Dédé s'élargit encore. Il répliqua, en passant sa grosse main aux ongles noirs sur le lainage fin :

— L'est à moi, c't'écharpe. À moi !

— Tu rêves, mon pauvre Dédé !

— Y m'l'a donnée. Donnée, à moi !

— Ça m'étonnerait... En quel honneur ?

— Ça, j'sais pas. P't-être qu'il avait quèqu'chose à s'faire pardonner...

— Tu racontes n'importe quoi. Tu ferais mieux de me laisser tranquille. J'ai raté ma pâte à tarte et j'ai un quart d'heure pour trouver un autre dessert. M'est avis que la cloche du bénédicité ne va pas tarder à sonner dans l'estomac du patron.

— Quèqu'chose à s'faire pardonner, p't-êt' ben ? reprit Dédé. Ou alors, va savoir, quèqu'chose qu'y veut pas que j'répète ?

— Tiens donc ! Parce que maintenant, M. Gauthier te fait ses confidences ? On aura tout entendu !

Dédé ferma la porte avec soin et s'avança dans la cuisine en chuchotant.

— C'est qu'... qu'quand tu vas à terre, y s'croit tout seul. Y s'imagine qu'y a rien, là-d'dans !

Dédé se frappa le crâne d'un coup de poing et enchaîna d'une seule traite, encouragé par le regard intéressé de sa sœur :

— Le p'tit voisin, l'est venu prendre le café ici. Et M'sieur Gauthier est allé le voir, à la grande maison. Quand il est rentré, il était tout rouge. Y ressemblait à c'qu'y servent dans les restaurants, comment qu'on appelle ça... nom de nom... ça y est : à un steak tartare, qu'y ressemblait !

Sans attendre de réponse, Dédé quitta la cuisine en imitant le chant de l'alouette.

26

Des projecteurs aveuglaient Romain Gauthier, tandis que le chirurgien lui charcutait l'œil droit. Le cliquetis des instruments résonnait dans son crâne puis, soudain, il y eut un éclaboussement écarlate, et le silence. Romain Gauthier était seul dans la pièce. Il se libéra de ses liens et se mit à ramper sur le sol à la recherche de l'œil qu'on lui avait arraché.

Il se réveilla avec une intolérable migraine. Il était 4 heures du matin. Il savait qu'il ne retrouverait pas le sommeil et il alla à la cuisine, où il n'eut qu'à brancher la cafetière, préparée chaque soir par Renée. Le gargouillement régulier du café qui passait le détendit et, dès qu'il en eut bu quelques gorgées, sa migraine s'éloigna.

C'était la troisième nuit que ce cauchemar se répétait. Il était apparu après que Romain Gauthier fut allé prendre le café chez Alexis Lambert. L'écrivain avait lu suffisamment d'essais de psychologie pour comprendre le sens caché de ce rêve : l'œil arraché et égaré, c'était la vérité qu'il devait mettre au jour.

D'abord troublé par les hypothèses du jeune homme, il avait fini par reconnaître qu'elles ne manquaient pas de fondements. Comment avait-il pu imaginer qu'Élise s'était volontairement jetée dans son escalier ? La thèse du meurtre, aussi horrible fût-elle, était finalement la plus plausible. Elle offrait en outre à Romain Gauthier la possibilité de se libérer de ses remords en faisant expier le meurtrier.

Tel était sans doute le but poursuivi de son côté par Alexis Lambert.

Mais Alexis Lambert, lui, était convaincu d'avoir trouvé le coupable ! Son regard, sa gêne mêlée d'excitation lorsqu'il avait développé sa théorie étaient clairs, comme était clair le sens de ses paroles. *Quelqu'un en qui elle avait suffisamment confiance pour lui remettre un deuxième jeu de clés...* Ce quelqu'un, Alexis Lambert n'avait pas eu besoin de le nommer. Le message était limpide : il soupçonnait Romain Gauthier !

Cela n'avait d'ailleurs pas grande importance. L'enquête avait conclu à un accident, et Lambert n'aurait certainement pas le cran de se battre pour la faire rouvrir.

Mais Romain Gauthier était las de cette présence si proche qui l'épiait sans relâche depuis les fenêtres de *sa* maison. Il aspirait à voir partir Lambert, et il n'obtiendrait ce départ qu'en orientant son voisin vers un autre coupable.

Le meurtrier devait avoir été assez intime avec Élise pour qu'elle le laisse entrer chez elle et monte à l'étage en sa présence. Ou, comme l'avait suggéré Lambert, assez intime pour posséder un jeu de clés.

Élise, secrète et mystérieuse, parlait peu à son ami de sa vie personnelle, contribuant ainsi à nourrir sa jalousie. Il était important, maintenant, de reconstituer cette part d'ombre de laquelle avait peut-être émergé un meurtrier.

Romain Gauthier enfila son blouson et sortit sans bruit. Le jour s'était levé, il n'était pas question d'aller par les chemins. Il se dirigea vers l'extrémité du terrain et s'assit sur le tronc d'un arbre abattu. Suivant du regard les dentelures nerveuses de la côte, il tenta de se souvenir.

Un goéland plana au-dessus de lui en agitant ses grands bras apaisants, puis un autre survint et tous deux entamèrent une sorte de danse majestueuse. Alors, tandis que Romain Gauthier regardait danser les oiseaux, quelqu'un surgit de sa mémoire, quelqu'un dont Élise lui avait souvent parlé mais qu'il avait oublié parce qu'il n'avait aucune raison d'en être jaloux. C'était bizarre comme toute son histoire avec Élise avait été marquée du sceau de sa jalousie... Bizarre et assez lamentable. Mais il était ainsi fait que l'amour, chez lui, se nourrissait de jalousie.

Qui était ce mystérieux personnage ? Un

homme auquel Élise aimait se confier. De la façon dont elle en parlait, Romain Gauthier avait conclu qu'il était homosexuel. Donc inoffensif.

À certains moments, cependant, Élise disait sentir en lui une violence inquiétante. Romain Gauthier avait fini par être agacé et il avait dit à son amie : « Cesse de le voir et parlons d'autre chose. » Elle avait répondu : « Je n'ai pas le choix », et Romain Gauthier en avait conclu qu'il travaillait avec elle, décidant pour se rassurer qu'il n'avait rien à craindre d'un danseur.

Il serait intéressant de rencontrer cet homme. Seulement... qui était-il ? Une seule fois Élise avait mentionné son prénom. Romain Gauthier se souvenait vaguement d'un prénom russe, mais lequel ? Boris ? Igor ? Il était bien incapable de se le rappeler.

Son seul espoir était qu'Alexis Lambert ait connu ce danseur. C'était vraisemblable puisque Alexis, à moins de s'être vanté, semblait avoir été proche d'Élise, suffisamment en tout cas pour avoir été le premier averti du projet de tournée. Cette pensée était d'ailleurs désagréable. Alexis... le danseur russe... Combien d'hommes encore allaient surgir de l'ombre pour infliger à Romain Gauthier les tourments rétrospectifs de la jalousie ?

27

Jamais on ne se fût attendu à trouver une maison sur ce promontoire malmené par le vent. Elle semblait d'ailleurs inhabitée. Des ardoises arrachées par une tempête tenaient en équilibre instable au bord de la gouttière, et un portillon de bois écaillé battait avec mélancolie. En s'approchant, cependant, Alexis vit de la fumée qui s'échappait de la cheminée et, à l'autre extrémité du toit, un gros poisson, sans doute un marsouin, qui servait de girouette. Alexis comprit que c'était la maison des jumelles et il fut tenté de s'éloigner. Mais à ce moment les deux jeunes filles ouvrirent la porte et l'invitèrent à entrer avec des exclamations de joie.

Un invraisemblable tintamarre emplissait la pièce, sans que la vieille femme qui s'y trouvait semblât le moins du monde incommodée par les hurlements jaillissant de la télévision. L'une des jumelles — Alexis crut reconnaître Marine — se précipita vers le poste pour en baisser le son.

Ensemble, les deux sœurs ne paraissaient plus aussi semblables. Ce qui les différenciait était à peine perceptible, mais chaque nuance s'ajoutant aux autres — la voix, le regard, le langage, les gestes — finissait par en faire deux êtres assez dissemblables. Puis soudain elles se taisaient, et on était à nouveau perdu. Ou bien Arielle imitait sa sœur, son regard devenait flou et, pour peu qu'au même moment celui de l'aveugle s'animât, on ne savait plus. Arielle, selon son habitude, prenait des mines mystérieuses. Elle affectionnait les légendes, au besoin en inventait, et les racontait de telle façon qu'on se demandait s'il s'agissait de la réalité ou si la jeune fille avait toute sa raison. Elle parla ainsi d'un puits, à l'ombre de l'église, dans lequel se tenait cachée une femme folle qui vous tirait vers le bas si vous vous penchiez trop. Elle racontait cela en fixant Alexis comme si cette pauvre folle avait juré d'en faire sa prochaine victime, et le jeune homme, qui ne se souvenait pas d'avoir jamais vu le moindre puits derrière l'église, sentait croître son malaise.

Marine rabroua sa sœur qui se leva en silence, enfila son anorak et sortit de la maison en claquant la porte. Marine eut un petit sourire et tendit le bras vers une photo posée sur le buffet.

— Vous voyez cette belle dame ? C'était maman. Est-ce que votre mère était aussi belle ?

À ce moment, la vieille femme augmenta à nouveau le son de la télévision. Une galopade de chevaux surexcités envahit l'écran dans un tonnerre de claquements de sabots. D'un nuage de poussière couleur de soufre surgirent des yeux affolés, des bouches écumantes, des jambes vigoureuses qui semblaient faites pour tuer. Instantanément, les souvenirs affluèrent. Alexis eut l'impression de revivre cet abominable soir, vingt ans plus tôt... Son père regardait un western à la télévision. Des cris s'étaient bientôt mêlés au tumulte qui s'élevait du poste de télévision et, quelques minutes plus tard, la mère d'Alexis gisait sur le tapis, morte.

Bouleversé par ce souvenir, Alexis s'évanouit.

28

Un vent léger parcourut les champs, fit naître des ondulations à la surface de l'eau. Un soleil incolore émergea des nuées, et au même moment elle apparut.

Du promontoire où il se tenait, Dédé la reconnut. Marine avançait à pas rapides sur le chemin qui débouchait derrière le cimetière. Sans hésiter, il se mit à courir aussi vite que le lui permettait sa lourde carcasse. Par la route, il avait une chance d'arriver avant elle.

Il s'assit sur l'herbe détrempée, non loin de la tombe de la maman de Marine, et attendit. Quelques secondes plus tard elle était là, celle qu'il appelait, selon les jours, la fée ou la sorcière. Dédé vit ses lèvres remuer, il entendit un murmure qui, de l'endroit où il se tenait, ressemblait à une incantation. Où trouver le courage d'approcher la jeune fille ?

Bientôt une porte grinça et une longue silhouette noire se faufila entre les croix. On dirait l'Ankou, pensa Dédé en se rappelant ses terreurs d'enfant lorsque venait le voir le grand-père qui ressemblait à l'Ankou, cette personnification de la mort : grand et décharné, avec de longs cheveux blancs, son visage émacié disparaissant sous un feutre à larges bords. Le recteur, lui aussi, ressemblait au porteur de mort, et Dédé ne l'apercevait jamais sans se signer, *au cas où*. Ce qu'il fit, tout en se félicitant d'avoir pris soin de se cacher derrière une petit chapelle funéraire.

Il tendit l'oreille. La voix grave du recteur rendait ses paroles indistinctes. Celle de Marine, en revanche, était claire. Seulement Dédé ne savait ni de quoi ni de qui elle parlait, et il maudissait l'inconfort de sa position, ainsi que l'humidité qui grimpait le long de son corps et lui donnait envie d'éternuer.

— Je vous assure qu'il s'est vraiment évanoui !

— ...

— Non, pas longtemps. Ensuite il était tout drôle. Il parlait plus vite que d'habitude, et sa voix était différente, elle était presque marron, un marron orangé un peu sale, vous voyez ce que je veux dire ?

— ...

— Je sais bien que vous ne pouvez pas comprendre, mais à qui voulez-vous que je raconte ça ?

— ...

— Mon ami Romain ? Je ne veux pas l'ennuyer avec mes histoires. Je préfère l'écouter, il est tellement intelligent ! Il m'a lu des passages de son roman. Il écrit des choses si belles... Je pense que c'est un grand poète et...

La fin de la phrase se perdit dans le vent. Dédé risqua une tête derrière le monument. L'Ankou et la sorcière s'éloignaient. Cette fille était folle, avec ses histoires de voix marron. Mais Dédé rêvait d'elle toutes les nuits, et si cela continuait il deviendrait fou à son tour. Il était sûr qu'elle était en train de tomber amoureuse du patron, et cette pensée intolérable lui mettait le sang en ébullition. Il ferait tout pour empêcher cela.

Il se releva à grand peine en bâclant un signe de croix, et prit le chemin du fortin.

[illegible] avec [illegible] [illegible] la poitrine l'étran- [illegible] [illegible] [illegible] Il n'a [illegible] des [illegible] de son [illegible]. Il [illegible] [illegible] [illegible] [illegible] [illegible] [illegible] une grand[illegible]

La fin de la pluie se perdit dans [illegible] Déjà [illegible] que [illegible] le [illegible] [illegible] [illegible] [illegible] [illegible]. Cette fille [illegible] avec [illegible] de [illegible] [illegible]. Mais [illegible] [illegible] [illegible] les [illegible] [illegible] [illegible] de [illegible] [illegible] la [illegible] [illegible] [illegible] et [illegible] [illegible] [illegible] [illegible] [illegible] [illegible] [illegible]

[illegible]

29

Alexis ouvrit les yeux, perdu. Il lui semblait que la journée s'achevait, et pourtant la cheminée de marbre noir, qui aurait dû recevoir les rayons du soleil couchant, disparaissait dans l'ombre. Elle paraissait plus imposante que d'habitude, presque menaçante.

Alexis l'observa avec méfiance, suivant du regard les cannelures du marbre qui en marquaient les contours. Alors il remarqua quelque chose qui ne s'y trouvait pas auparavant : le chandelier tordu. L'étonnement acheva de le réveiller et il constata, perplexe, que les fleurs mauves du mur avaient été remplacées par un papier brun taché de grandes traînées grisâtres. Puis il réalisa qu'il était allongé sur un matelas posé à même le sol, dans la pièce du rez-de-chaussée qui s'ouvrait au fond du salon. Avait-il pu décider de changer de chambre, choisir cette pièce qui lui avait déplu dès le premier jour, et n'en pas garder le moindre souvenir ?

Il s'assit, le dos appuyé contre le mur, et réfléchit. Il se rappelait être allé chez Marine. Il se remémorait sans difficulté la grand-mère, le brusque départ d'Arielle... mais il n'avait pas la moindre idée de ce que Marine lui avait raconté. Comme si plusieurs heures de sa vie lui avaient été volées.

Il baissa les yeux, constata qu'il était en pyjama, et son rêve lui revint alors en mémoire. Il avait rêvé, en effet, qu'épuisé il se mettait en pyjama pour se coucher et que, les fleurs mauves lui paraissant soudain d'une insupportable mièvrerie, il décidait de s'installer au rez-de-chaussée. Il s'était dit — dans son rêve — qu'en cas d'urgence il pourrait s'enfuir par la fenêtre. Il avait donc descendu son matelas et s'était endormi aussitôt allongé.

Seulement voilà que ce qu'il avait pris pour un rêve avait été la réalité. Ou alors était-ce maintenant qu'il rêvait ? Allait-il se réveiller dans la chambre mauve ? Chaque rêve en cachait-il d'autres, comme les poupées russes ? C'était à devenir fou. Il était pourtant certain, maintenant, d'être éveillé. Cette impression d'écœurement, cette irrépressible envie de vomir, aurait-il pu les ressentir en rêve avec une telle acuité ?

Il voulut se précipiter aux toilettes mais dut s'arrêter à la cuisine, incapable même de parvenir jusqu'à l'évier. Des spasmes le secouèrent longuement, après quoi il se sentit un peu mieux. Sans prendre le temps de nettoyer le carrelage, il retourna se coucher en frissonnant. Ainsi au moins aurait-il la preuve matérielle, lorsqu'il se réveillerait à nouveau, que cette fois il n'avait pas rêvé. Ou bien était-il assez fou pour aller nettoyer la cuisine en dormant ?

Il décida qu'à son prochain réveil il ferait l'inventaire du garde-manger. Car il ne se souvenait pas d'avoir avalé quoi que ce soit depuis son petit déjeuner, et pourtant il avait vomi un flot immonde de nourriture.

Il avait toujours connu de ces absences inexplicables. Celles-ci, cependant, devenaient de plus en plus fréquentes depuis son arrivée sur l'île. Non seulement les crises de somnambulisme de son enfance étaient revenues, mais il était maintenant victime de phénomènes étranges : le message anonyme sur le tableau noir, ses dessins détruits, la maison saccagée... sans compter des faits moins spectaculaires mais tout aussi bizarres : la nourriture qui disparaissait, les cendriers qu'il retrouvait vides ou cachés dans des endroits invraisemblables, les fenêtres grandes ouvertes dans des pièces où il ne se souvenait pas d'avoir pénétré... Lorsqu'il se promenait, il ne cessait de se retourner, persuadé d'être suivi, mais il ne voyait jamais personne. À la maison, il avait souvent la sensation, lorsqu'il lisait, que quelqu'un regardait par-dessus son épaule. Dans l'ancienne salle de jeux, des voix querelleuses montaient par le conduit du passe-plat. Le soir, une fois couché, il se sentait épié par une présence tapie dans l'obscurité. De plus en plus souvent, aussi, il parlait tout seul, tantôt s'adressant à Élise ou à Romain Gauthier, tantôt se défendant contre d'hypothétiques accusations. Était-il en train de perdre la raison ?

Il sombra dans un demi-sommeil. En lui une voix s'élevait, lui soufflant de quitter cette île à l'influence néfaste. Une voix enjôleuse et pleine de séduction, qu'il eût aimé écouter. Il s'y refusait, pourtant, car il ne voulait pas trahir Élise.

Il ouvrit brusquement les yeux, se dressa sur son séant et cria : « J'irai jusqu'au bout ! Tu ne m'auras pas comme ça ! » Puis il retomba sur son lit et s'endormit.

30

Romain Gauthier considérait d'un air pensif les statuettes posées sur le rebord de la fenêtre. Castor et Pollux... Les deux faces d'une même réalité. Comme tout serait simple si la vérité était unique ! Sa vie ressemblerait alors au tableau qu'il s'en faisait dans ses meilleurs jours : il avait aimé Élise à la folie, au point de désirer la mort lorsqu'il avait cru l'avoir perdue. Il avait écrit un livre à sa mémoire, et maintenant il transmutait ses souffrances en une littérature sublime qui rachèterait ses fautes.

Cela, c'était une face de la réalité. L'autre était beaucoup moins glorieuse. Il avait aimé Élise d'un amour égoïste et jaloux. Lorsqu'elle était morte, il avait pillé ce qu'elle lui avait raconté de sa vie pour en tirer un livre qui lui avait apporté le succès. Et maintenant, trop orgueilleux pour exposer son monstrueux visage — reflet de sa laideur intérieure —, il se terrait comme un animal et tentait en vain d'écrire un autre chef-d'œuvre.

Il ouvrit le tiroir de son bureau. D'un fouillis de papiers griffonnés il extirpa un petit miroir qu'il éleva devant ses yeux. Son visage, comme la réalité, était double : un regard d'une transparence de pierre précieuse dans un faciès répugnant. Il ne se faisait aucune illusion sur les miracles de la chirurgie esthétique. Avec un tel visage, tout contact avec l'humanité lui serait désormais interdit. Même son voisin, qui n'était venu sur l'île que pour le rencontrer, se tenait maintenant à distance.

Il repoussa le miroir et reprit le message trouvé le matin sous la porte du fortin.

J'ai reçu votre petit mot. Élise m'avait en effet parlé d'un jeune danseur venu d'un pays de l'Est pour faire un stage à Paris. Il s'appelait Vania, si j'ai bonne mémoire. Mais au moment où Élise est morte il avait quitté Paris depuis plus d'un mois. Je crains donc que vous ne soyez sur une fausse piste.

Reparler de cette histoire m'a bouleversé et j'éprouve une grande lassitude. J'ai sans doute trop travaillé depuis mon arrivée ici, et j'ai décidé de prendre quelques jours de repos absolu, sans sortir et en oubliant tout.

Je souhaite que l'avancement de votre roman vous procure toute satisfaction.

Alexis Lambert

Que signifiait ce revirement ? Après avoir démontré qu'Élise avait été assassinée, et laissé entendre qu'elle n'avait pu l'être que par Romain Gauthier, Alexis Lambert coupait les ponts et s'enfermait. Pour quelle obscure raison renonçait-il à son enquête ?

TROISIÈME PARTIE

LA FUITE

31

Dans la chambre sombre, Alexis passa plusieurs jours à somnoler, ne se levant que lorsque la faim l'attirait à la cuisine. Durant des heures il laissait son regard se perdre au-delà de la fenêtre, observant la chute des feuilles mortes qui voletaient derrière les carreaux. Il écoutait grincer les branches agitées par le vent, hypnotisé par ce crissement lancinant. Il était heureux autant qu'il pouvait l'être.

Mais un jour, en fin d'après-midi, cette béatitude cessa. Deux goélands qui passaient en criant lui firent reprendre brutalement contact avec la réalité. Il lui sembla soudain ridicule de rester plus longtemps au lit. La chambre sentait le renfermé, et lui-même avait l'impression de dégager une odeur désagréable. Il ouvrit la fenêtre et décida de prendre un bain.

Se laver acheva de dissiper son brouillard intérieur, et en même temps que la lucidité revint son obsession. Il lui sembla tout à coup important de retourner dans la salle de jeux, où il n'était pas entré depuis plusieurs jours.

La pièce, exposée au nord, baignait dans un semi-crépuscule d'où ressortait, un peu plus claire, l'immense tache du trompe-l'œil. Alexis s'assit par terre et contempla la scène qu'il connaissait si bien : le corps désarticulé d'Élise reposant sur le carrelage, au bas de l'escalier. Cependant, quelque chose lui parut soudain bizarre. La position d'Élise ? Non, ce n'était pas cela. La position n'avait pas changé, bien sûr... C'étaient plutôt dans les teintes qu'il y avait quelque chose de différent. Même dans la pénombre, le corsage blanc d'Élise aurait dû former une tache plus claire. Intrigué, Alexis se leva pour allumer le plafonnier... et il découvrit avec stupeur que la jeune femme n'était plus revêtue de jeans, mais d'une ample robe bleue !

Il tira le rideau d'une main tremblante et ferma les yeux. Voilà que tout recommençait. Il avait modifié le trompe-l'œil au cours d'une crise de somnambulisme ! Pour quelle obscure raison ? Ces absurdes trous de mémoire étaient-ils les signes d'une grave maladie ? Son cerveau était-il rongé par une tumeur ? Combien de temps mettrait-elle à le détruire ? La mort le terrifiait, il refusait d'y penser.

Mais il se rassura aussitôt. Non, il n'était pas en train de perdre la tête. Il y avait simplement sur l'île quelqu'un qui s'évertuait à le convaincre qu'il devenait fou. Et cette personne — Romain Gauthier, de toute évidence — avait peint la robe bleue autour du corps d'Élise.

32

D'où venait ce bout de papier ? Alexis n'en avait pas la moindre idée. L'écriture ressemblait étrangement à la sienne. Pourtant il ne se souvenait pas d'avoir écrit ce message, en exergue duquel était griffonné : *pour R.G.*

J'ai reçu votre petit mot. Élise m'avait en effet parlé d'un jeune danseur venu d'un pays de l'Est pour faire un stage à Paris. Il s'appelait Vania, si j'ai bonne mémoire. Mais au moment où Élise est morte il avait quitté Paris depuis plus d'un mois. Je crains donc que vous ne soyez sur une fausse piste.

Reparler de cette histoire m'a bouleversé et j'éprouve une grande lassitude. J'ai sans doute trop travaillé depuis mon arrivée ici, et j'ai décidé de prendre quelques jours de repos absolu, sans sortir et en oubliant tout.

Je souhaite que l'avancement de votre roman vous procure toute satisfaction.

Alexis Lambert

Alexis rechercha dans toute la maison le mot de Romain Gauthier auquel il était censé avoir répondu. En vain. Cette histoire de danseur, d'ailleurs, ne lui rappelait rien. Il lui fallait donc se rendre à l'évidence : Romain Gauthier s'était introduit dans la maison, avait fouillé dans ses affaires pour trouver des modèles de son écriture, puis il avait rédigé ce message. Mais dans quel but ? Le pousser à orienter son enquête dans une autre direction, vers un nouveau suspect — un danseur — qui n'existait pas ? Sans doute. Romain Gauthier ne manquait ni de ressources ni d'audace... Peut-être aussi espérait-il par ce moyen lui faire perdre la raison. Dans cette même intention, il s'était amusé à badigeonner sur le trompe-l'œil une robe bleue, dans le seul but de le troubler.

Quoi qu'il en soit, ce texte était en parfaite harmonie avec les intentions actuelles d'Alexis. Le choix qu'il avait fait de s'installer dans cette chambre du rez-de-chaussée, à laquelle on accédait par une porte étroite au fond du salon, n'était pas un hasard. Il avait l'impression, lorsqu'il s'y endormait, d'être revenu dans le ventre chaud et douillet de sa mère. Bien sûr, dès qu'il allumait, le chandelier tordu se mettait à ressembler à un faune ricanant et la sombre cheminée éveillait de sourdes angoisses... Mais, après tout, avait-il été si bien dans le ventre de sa mère ? Il y avait été à l'abri, en tout cas.

Il suivrait à la lettre la décision exprimée dans le mystérieux message. Il allait sans attendre faire un ravitaillement pour plusieurs jours et passer à l'ancienne sardinerie pour une nouvelle commande de bois.

Ces simples démarches lui demandèrent un effort presque insurmontable. Tout en pédalant à la limite de ses forces, il ne pensait qu'à une chose : retourner se terrer dans sa chambre et se réfugier dans le sommeil. Il remplit ses sacoches et son sac à dos, accrocha plusieurs sacs en plastique au guidon, puis il se rendit à la sardinerie. Il contourna le bâtiment en direction du hangar où était stocké le bois, tremblant d'être aperçu par Sylvie. Il n'osa même pas tourner la tête vers la grande porte béante, terrifié par l'évocation de l'immense salle regorgeant de fleurs fanées, comme des entrailles desséchées.

Pochic ne se trouvait pas dans le hangar. Sur la porte était fixée une feuille de papier indiquant qu'il n'y aurait personne avant 20 heures. Soulagé, Alexis arracha une page à son calepin et inscrivit sa commande. Il joignit un chèque, et accrocha le tout avec une des punaises qui retenaient le message de Pochic.

Comme il fixait la punaise, une impression de *déjà vu* le frappa. Il considéra à nouveau les quelques mots écrits par Pochic et fut parcouru d'un frisson. L'écriture était la même que celle de l'odieux message dont il se rappelait encore chaque mot : *Un bon conseil, petit con : file avant qu'on s'attaque à ta jolie frimousse !*

Pochic était-il l'auteur des messages anonymes ? Était-ce donc lui, également, qui avait pillé la maison et crevé les pneus du vélo ? C'était tout à fait possible, s'il avait découvert que Sylvie avait rendu visite à Alexis. Mais alors ? Romain Gauthier était-il innocent de tout cela ? Cette possibilité donnait le vertige à Alexis. Signifiait-elle que Romain Gauthier ne nourrissait pas de mauvaises intentions à son encontre ? Alexis haussa les épaules. Et alors ? Cela n'impliquait aucunement son innocence dans le meurtre d'Élise !

Le trajet du retour exténua le jeune homme. Il faisait déjà nuit lorsqu'il arriva enfin à la maison, et il regretta de n'avoir pas laissé les lumières allumées. Il poussa son vélo avec son chargement dans la maison et claqua la porte derrière lui. Il disposa ses achats dans les placards et dans le garde-manger, puis il retourna dans sa chambre où il alluma une flambée. Il s'assit sur son lit avec l'intention de se plonger dans un livre, mais au lieu de cela il s'empara du brouillon *pour R.G.*

Il ferma les yeux, tentant de fouiller sa mémoire, mais il avait l'impression que ses pensées étaient sucées par un vampire, aspirées par un gouffre.

Il lui semblait vaguement avoir rêvé, une

nuit, qu'il écrivait à son voisin. Ses nuits, d'ailleurs, étaient pleines de rêves qui s'enchaînaient les uns aux autres dans une sarabande sans fin. Il peignait des heures durant, escaladait des falaises inaccessibles... Ou bien la maison était envahie par des personnes indésirables, des inconnus se promenaient dans le jardin en scrutant les fenêtres, une jeune fille cachait un trésor dans un tronc d'arbre...

Il fronça les sourcils. Le message qu'il tenait dans les mains était un brouillon. L'avait-il recopié et porté au fortin dans une crise de somnambulisme ? Il s'en souviendrait, tout de même ! D'ailleurs, même pour rédiger un brouillon, il n'aurait jamais utilisé cette encre verte qu'il n'employait que pour le dessin. Non, ce ne pouvait être lui qui avait écrit ce mot.

Il détourna son regard du bout de papier et constata que ses mains tremblaient. Il les retourna et les appuya sur le dessus-de-lit pour faire cesser le tremblement. Il fut atterré de ce qu'il vit alors.

Le bout de son index droit et une phalange du médius étaient tachés de vert.

33

Le recteur était en train d'installer des brise-vent pour protéger une jeune haie, lorsqu'il entendit un crissement de graviers, tout près de lui. Levant la tête, il reconnut le jeune homme à la silhouette gracile que Marine lui avait amené un jour. Il le salua d'un geste de la main et dit :

— Vous avez bien un moment pour prendre un café !

Le jeune homme accepta sans se faire prier.

— J'ai bien peur d'avoir oublié votre nom, s'excusa le recteur en conduisant son invité dans la maison.

Le jeune homme eut un petit rire.

— Alexis Lambert.

— Bien sûr, cela me revient !

Le recteur remplit deux tasses de café, et sortit d'une vieille boîte en fer un paquet de cigarettes qu'il tendit à son visiteur.

— Merci, répondit celui-ci, mais je ne fume pas.

— Votre travail avance-t-il ? reprit le recteur en s'asseyant. Combien de temps pensez-vous rester parmi nous ?

— Comment voulez-vous que je le sache ? Je suis un artiste, pas un fonctionnaire ! Et puis mes modèles sont un peu fantasques. Quand il s'agit de dénicher un goéland cendré ou une sterne, tout va bien... mais mon éditeur ne se contenterait pas de ces oiseaux communs. Si vous saviez le nombre d'heures passées pour seulement entrapercevoir une barge rousse ! Dans l'ensemble, pourtant, je suis très satisfait de mon travail. Il me faut même admettre que j'ai un certain génie...

— Heureux homme ! Quant à moi, je joue de malchance... Vous savez que je me passionne pour les plantes. Figurez-vous que l'une d'elles me nargue depuis des années : la doradille marine, une fougère épaisse qui pousse dans les crevasses qui s'ouvrent entre les rochers. Depuis des années que j'explore les côtes rocheuses de l'île, je n'ai jamais réussi à en voir une seule.

Alexis Lambert rétorqua :

— Croyez-vous que les choses me soient plus faciles ? Au début de mon séjour ici, j'ai aperçu à deux ou trois reprises un grand cormoran. Un oiseau fabuleux, au plumage sombre, qui peut mesurer jusqu'à quatre-vingt-dix centimètres... Je ne l'ai pas revu depuis, et maintenant il hante mes nuits. Je me suis juré de ne pas quitter l'île avant d'avoir trouvé son nid. C'est devenu une véritable obsession.

D'une voix rapide et hachée, il se mit à disserter sur cet oiseau mythique. Le recteur l'interrompit.

— Est-ce que je me trompe ? J'ai l'impression que vous savez où niche ce cormoran, mais que vous repoussez le moment de le voir de près. Peur d'être déçu ? Peur d'arriver au bout de votre tâche ? Il est parfois plus excitant de chercher que de trouver. Peut-être que le jour où mes yeux tomberont sur une doradille marine elle ne m'intéressera plus...

Le jeune homme éclata de rire, un peu gêné.

— La vérité est beaucoup plus simple... Je sais évidemment où le grand cormoran a fait son nid. Mais si je reporte sans cesse le moment de le piéger avec mes crayons, c'est simplement parce qu'il a... parce que j'ai le vertige ! Or cet animal niche à quinze mètres au-dessus du sol, dans une grotte minuscule, sous le vieux fortin.

Le prêtre était en train de proposer à Alexis de se rendre à sa place près de la grotte du cormoran et de prendre des photos, lorsqu'on frappa au carreau. C'était Arielle.

— Entre, Arielle ! lui cria le recteur.

Alexis Lambert se leva aussitôt comme un ressort, et s'éclipsa avec un au revoir à peine audible.

Le recteur le regarda s'éloigner, perplexe. Le jeune homme qui venait de quitter le presbytère était bien différent de celui qu'il avait rencontré la première fois. L'être timide et délicat avait disparu, pour laisser la place à un individu provocant. Il avait prétendu ne pas fumer, alors que durant sa précédente visite il avait allumé cigarette sur cigarette. Un autre détail troublait le recteur : le jeune Lambert, toujours tiré à quatre épingles, dégageait ce jour-là une odeur de transpiration assez déplaisante qui n'allait guère avec le personnage. Enfin, il y avait en lui quelque chose d'incohérent : après avoir donné l'impression que sa vie dépendait de la découverte du grand cormoran, il était parti sans un remerciement pour sa proposition, comme si soudain tout cela ne présentait pas le moindre intérêt.

— Je viens de recevoir une visite bien étrange, dit le recteur à Arielle en sortant du buffet une boîte de gâteaux.

34

Romain Gauthier éprouvait de plus en plus de difficulté à travailler. Son voisin l'obsédait. Chaque fois que l'écrivain avait parlé avec lui, il avait été envahi par un sentiment d'irréalité. Peut-être cela venait-il simplement de ce que le jeune homme vivait dans un monde imaginaire ?

Ainsi, cette idée qu'il avait eue d'intégrer Élise au vieux décor de la salle de jeux... Avait-ce été une façon de revivre le cauchemar d'une mort qui l'avait traumatisé ? Tout cela n'était pas très sain. En se remémorant l'instant où il avait découvert l'horrible tableau, Romain Gauthier ressentait un profond malaise, comme si cette scène recelait un sens profond qu'il ne parvenait pas à saisir.

Mû par une impulsion soudaine, il enfila son blouson. Renée, occupée à laver la vaisselle, ne l'entendrait pas sortir. Qu'importait, d'ailleurs ? Qu'importait, aussi, le mot un peu froid de Lambert, qui prétendait désirer un isolement total ? Romain Gauthier avait besoin de parler à son voisin, et il avait besoin de revoir le trompe-l'œil.

Au moment où il quittait le fortin, il leva les yeux vers la maison. Il lui sembla qu'elle était vivante et qu'elle l'encourageait. *Je suis là et je veille sur toi*, disait-elle. Il lui parut soudain intolérable qu'un autre que lui respirât l'air de *sa* maison.

Comme en réponse à ses pensées, il vit alors la silhouette de Lambert qui s'éloignait vers le nord-ouest. Le corps ployé contre le vent, il marchait vite, d'une démarche furtive, courant parfois. Il ressemblait à Adam banni du paradis terrestre.

Romain Gauthier, lui aussi, se mit à courir. Quelques minutes plus tard il se coulait dans la cave par le soupirail.

Il inspecta d'abord les pièces du rez-de-chaussée. L'odeur de tabac froid lui sembla moins forte que lors de sa dernière visite. Elle ne l'était pas assez, en tout cas, pour masquer l'inimitable parfum de la maison, cette fusion intime et subtile entre les réminiscences d'encaustique, l'odeur plus pénétrante de l'âtre refroidi et les relents d'humidité.

Au premier étage, l'écrivain se dirigea sans hésiter vers la salle de jeux. Repoussant le moment de poser les yeux sur la macabre scène, il tourna résolument le dos au trompe-l'œil, devant lequel le rideau était tiré, et s'avança vers la table de travail.

La table à dessin était recouverte d'un invraisemblable fatras de crayons, d'estompes et d'encres de toutes les couleurs, jetés en désordre entre les piles de blocs de papier et d'esquisses. Romain Gauthier se pencha vers les dessins qui émergeaient de ce fouillis. Cette fois encore le talent de Lambert le frappa. L'artiste était parvenu à insuffler une vie intense aux oiseaux. Certains étaient bouleversants de douceur, tandis que d'autres semblaient contenir toute la cruauté du monde.

Le bord d'une aquarelle aux couleurs chatoyantes dépassait d'un bloc. Romain Gauthier tenta de l'extirper, mais la nervosité le rendait si malhabile qu'il fit crouler une pile de feuilles reposant en équilibre sur une collection de livres minuscules.

Ces petits ouvrages, dont chacun était consacré à un animal, étaient illustrés de dessins ravissants, dans ce style inimitable que Romain Gauthier connaissait bien maintenant mais qu'il ne se lassait pas d'admirer.

Comme il refermait un des livres, son regard tomba malgré lui sur la page de titre. Il la considéra longuement, incrédule.

À ce moment, il crut entendre une porte s'ouvrir et il sursauta. Mais il n'y eut pas d'autre bruit suspect. Ce n'avait sans doute été que le grincement d'un volet. Il était temps néanmoins de quitter la maison. Romain Gauthier avait hâte d'être en sécurité chez lui pour réfléchir à ce qu'il venait de découvrir.

Cependant, l'occasion ne se représenterait peut-être jamais pour lui de regarder le trompe-l'œil. Se faisant violence, il ouvrit le rideau d'un mouvement brusque et la scène lui apparut dans toute son horreur, insupportable de réalisme. Il la regarda avec attention, s'efforçant d'en graver tous les détails dans sa mémoire. Puis il referma le rideau et quitta la pièce comme un voleur.

35

Le bois avait été livré, et Alexis l'avait empilé dans la chambre du bas, comme s'il allait devoir soutenir un siège dans cette pièce sombre qui était devenue son refuge. Il avait également descendu la plus grande partie de son matériel de dessin. En vain, d'ailleurs, car il ne parvenait plus à travailler, et le sol de la pièce était jonché d'esquisses inachevées.

Il avait colmaté comme il avait pu la fenêtre mal assujettie, entretenait un feu d'enfer dans lequel il laissait s'abîmer son regard durant des heures, et ne sortait plus de sa chambre que pour s'alimenter. Il envisageait même d'y transporter les victuailles pour ne plus avoir à la quitter.

Quand cela avait-il commencé ? Il vivait maintenant en permanence dans une frange étroite entre rêve et réalité. Il sombrait souvent dans une somnolence peuplée de rêves dont l'un d'eux, en particulier, revenait avec régularité.

Dans une lueur incertaine de demi-jour,

il errait sur la plage, ne sachant ni d'où il venait ni où il allait. Soudain, dans un grand éclaboussement, une bête monstrueuse émergeait de la mer et s'approchait de lui en rampant, son gros corps pustuleux agité de soubresauts répugnants. Elle lui demandait son nom, mais il la regardait stupidement, incapable de répondre. Alors le monstre se jetait sur lui et Alexis se mettait à courir, terrifié. Il se retrouvait bientôt dans une grotte sombre dont l'animal obstruait l'entrée, indifférent à ses hurlements de terreur. Au moment où le jeune homme, privé d'oxygène, commençait à suffoquer, il se réveillait, moite de transpiration.

Ce jour-là, le rêve fut différent. Tandis qu'il fuyait devant le monstre, une barque surgit de la mer et, portée par son élan, s'avança jusqu'à lui. Il courait si vite qu'il ne la vit pas tout d'abord, jusqu'à ce que le choc répété de la coque sur les galets lui fît tourner la tête. Alors il se réveilla, soulagé d'être parvenu à éloigner le cauchemar.

Mais les petits claquements continuaient, et Alexis réalisa que quelqu'un frappait à la porte d'entrée. Pris de panique, il s'avança jusque dans le salon, en veillant à ne pas faire grincer le parquet, et s'approcha de la fenêtre, d'où il aperçut la grande silhouette du recteur qui s'éloignait. Sans réfléchir, mû peut-être par le sentiment que cet homme pouvait l'aider, il se précipita vers la porte d'entrée, qu'il ouvrit, et héla son visiteur.

Le recteur refusa d'entrer au salon.

— Je ne fais que passer, j'ai un après-midi très chargé, expliqua-t-il. Je tenais cependant à vous tenir au courant des aventures dans lesquelles vous m'avez entraîné malgré vous.

— Des aventures ? Entraîné ? demanda Alexis, un peu étourdi.

Le recteur lui raconta alors comment il s'était rendu dans les rochers situés en contrebas du fortin, à la recherche du nid du cormoran. En fait de nid, il avait trouvé une épaisse enveloppe dissimulée dans une petite grotte. Intrigué, il en avait examiné le contenu, et avait découvert une poudre blanche de nature plus que suspecte ! Il s'était aussitôt rendu à la gendarmerie, où l'adjudant-chef lui avait confirmé ses soupçons : le paquet contenait purement et simplement de l'héroïne.

— Qui aurait pu penser, ajouta le recteur, que sur cette île paisible on faisait commerce de mort ?

Il se lança dans des explications détaillées qu'Alexis eut du mal à suivre. Cette affaire, qui se déroulait dans un autre univers que le sien, ne l'intéressait absolument pas.

— Le lieu où on a trouvé la drogue signifie sans aucun doute qu'il s'agit d'un relais. Quelqu'un apporte la drogue du continent et la dissimule dans la grotte. Là, une autre personne vient récupérer le paquet, puis se charge de la revente. C'est astucieux : la première personne est sans doute quelqu'un qui a les meilleures raisons du monde d'aller régulièrement sur le continent ; quant à la seconde, il est probable qu'elle ne quitte jamais l'île, de façon à éloigner tout soupçon...

Alexis crut bon de manifester de l'écœurement.

— C'est révoltant. Pousser ses semblables à se détruire...

— Par chance, poursuivit le recteur, l'enveloppe contenant la poudre avait déjà servi. L'étiquette portant le nom du destinataire avait été arrachée, mais le nom de l'expéditeur figurait au dos. Un éditeur de Paris...

— Un éditeur serait mouillé dans cette affaire ?

Le recteur eut une moue dubitative.

— C'est peu probable. Selon toute vraisemblance, un des intermédiaires a utilisé une enveloppe qui traînait chez lui pour faire son paquet. La gendarmerie va se mettre en rapport avec la police parisienne. Ce serait bien le diable que celle-ci ne découvre à qui, sur l'île ou dans la région, l'éditeur en question a envoyé un paquet durant les derniers mois...

— On nage en plein roman !

Le recteur fit un pas vers la porte, scrutant toujours Alexis.

— Souhaitons que cette affaire se règle

rapidement... Et maintenant je dois vous quitter. Pardonnez-moi cette visite imprévue, mais je me devais de vous tenir au courant. Si, comme je l'espère, on parvient à mettre fin à ce trafic, ce sera un peu grâce à vous et à votre quête du grand cormoran !

— Si j'avais pu imaginer pareille chose... Jamais je n'aurais pensé que vous partiriez à la recherche de cet oiseau rare... Et d'ailleurs, l'avez-vous vu ? Peut-être n'existe-t-il que dans mon imagination ?

Le recteur sourit.

— Le grand cormoran est peut-être votre dieu à vous. Ou votre vérité... Si vous le cherchez bien, vous finirez probablement par le trouver. Il est possible, cependant, qu'il se révèle bien différent de l'idée que vous vous en faites !

Sur ces paroles énigmatiques, il fit ses adieux et s'éloigna à grands pas.

Comme il refermait la porte, Alexis crut entendre un ricanement venu de l'intérieur de la maison. Les épaules crispées, il retourna se terrer dans sa chambre, alluma une cigarette et s'allongea sur son lit. La visite du recteur, ses regards accusateurs, l'avaient mis profondément mal à l'aise.

Que manigançait cet homme ? Était-il de connivence avec Romain Gauthier ? Avaient-ils tous les deux bâti cette rocambolesque histoire de drogue pour lui nuire, pour l'éloigner de l'île ? Alexis en était persuadé. Les deux hommes n'avaient eu qu'à s'introduire dans la maison pour y voler une enveloppe provenant d'un éditeur parisien. Les gendarmes allaient sûrement découvrir que cet éditeur était en relation avec Alexis Lambert, et on viendrait l'arrêter.

Il y avait pourtant un détail que le jeune homme ne parvenait pas à s'expliquer. Il se rappelait avoir aperçu, les premiers jours de son séjour sur l'île — il y avait des siècles de cela —, un grand cormoran volant au large du fortin. Mais il était bien certain de n'en avoir jamais parlé au recteur.

36

Marine sentait ses chaussures s'enfoncer dans le sol sablonneux. Elle respirait avec délice l'odeur forte du fenouil, celle du sable chauffé par le soleil et le mélange d'iode et de sel qui montait de la mer. Les pins bruissaient, animés par le souffle puissant et continu du vent. Puis, comme le chemin quittait l'abri des pins pour amorcer sa descente vers un surplomb de rocher, le bruissement s'effaça peu à peu, dominé par le grondement de la mer.

La jeune fille entendit soudain une voix prononcer son nom, une voix qu'elle connaissait bien. L'écrivain misanthrope s'était-il enfin décidé à affronter la lumière du jour ? Il s'approcha et elle reconnut le léger parfum de vétiver : l'eau de toilette de son ami. Elle s'exclama en riant :

— L'ours s'est enfin aventuré hors de sa tanière ?

Mais elle n'obtint pas de réponse. Un léger nuage passa devant le soleil, projetant son ombre sur le visage de Marine. Puis une main se posa sur son épaule. Elle perçut alors, mêlée au parfum de vétiver, une autre odeur, l'odeur de sueur un peu aigre qu'elle détestait. Dédé était parvenu à la tromper.

Il se mit à lui parler d'une voix cahotante. Marine ne comprenait pas ce qu'il disait, mais certains mots, prononcés plus fort que d'autres, émergeaient de son discours sans suite, et de ce discours incohérent finit par se dégager un sens terrifiant : Dédé était en train de lui déclarer son amour ! La main calleuse et moite était remontée jusqu'à son cou, se crispant au rythme des bredouillements de l'homme.

Soudain prise de panique, Marine se dégagea d'un mouvement brusque et se mit à courir. Elle fut aussitôt arrêtée dans son élan. Une écharpe lancée comme un lasso autour de son cou la tira en arrière. Cette écharpe appartenait à son ami Romain, elle en reconnut l'odeur qui l'avait trompée, et la ruse de Dédé lui apparut dans toute son horreur. Elle poussa un hurlement.

Alors quelqu'un cria :

— Lâchez-la ! Laissez-la tranquille !

Soudain l'écharpe pendit mollement autour de son cou, et Marine se mit à courir en se bouchant les oreilles. Puis, sentant que le danger s'était éloigné, elle se laissa tomber par terre. Une voix douce s'approcha. La voix d'Alexis Lambert.

— Plus de peur que de mal ! dit-il gentiment. Je suis sûr que cet imbécile, avec ses airs de matamore, détalerait devant une souris blanche !

— Sans vous, il n'aurait pas été près de détaler, rétorqua Marine. Asseyons-nous un moment. Il fait si bon...

Ils parlèrent longtemps à bâtons rompus et Marine s'apaisa.

— Vous avez les mêmes yeux qu'une de mes amies, lui dit soudain Alexis. Que *mon* amie, la seule que j'aie jamais eue. Elle est morte... Comme ma mère. D'ailleurs vous lui ressemblez aussi.

— Décidément je vous rappelle beaucoup de monde, lui répondit Marine. Votre amie, votre maman...

— C'est la même personne, dit Alexis.

— Comment ça, la même personne ? Vous êtes drôle...

Alexis répondit d'un ton un peu nerveux.

— Je ne vois pas en quoi je suis drôle ! Dans la vie, les choses se répètent indéfiniment.

— Ah oui, un peu comme la réincarnation ! Chaque vie sert à régler les problèmes de l'existence précédente. Vous, vous faites tout en une seule vie ! Et alors, avec votre amie, vous l'avez résolu, votre problème ?

— Quel problème ? Il n'y a pas de problème... Le seul problème, c'est que je n'arrive pas à oublier sa mort...

— Alors il faut me raconter. Ça vous soulagera.

Alexis se lança alors d'une voix monocorde dans un récit interminable et désordonné, auquel Marine ne comprit pas grand-chose. Elle l'interrompit :

— C'est une histoire un peu compliquée...

— Comment ça ? Qu'est-ce que vous lui trouvez de compliqué ? Vous ne manquez pas de toupet !

Il y avait maintenant de la colère dans la voix d'Alexis. Marine tenta de s'expliquer :

— Ne vous fâchez pas ! C'est seulement que vous avez l'air, comment dire... de vouloir à tout prix que votre amie ait été assassinée ! Pourquoi vous rendre malade, si la police a conclu à un accident ? C'est comme pour la mort de votre maman... Puisque c'était un accident...

— Qu'est-ce que vous en savez ? De quoi vous mêlez-vous ?

— Mais, Alexis...

Il ricana méchamment.

— Alexis ? cria-t-il d'une voix changée. À qui croyez-vous donc parler ?

Marine eut soudain le sentiment bizarre que quelqu'un d'autre avait pris la place d'Alexis. Mais c'était impossible, le jeune homme était resté assis à côté d'elle et elle n'avait entendu personne arriver. Cela n'avait pas de sens. Pourtant elle avait la même impression que le jour où Alexis s'était évanoui chez elle. Seulement, cette fois-là, elle n'avait ressenti que de la surprise. Maintenant elle avait peur. Son instinct lui disait de fuir. Sans réfléchir, elle se leva et se mit à courir, très vite.

Lorsqu'elle ne sentit plus la chaleur du sable sous ses pieds, elle comprit qu'elle avait quitté le chemin. Le vacarme de la mer devenait assourdissant, ce qui signifiait qu'elle s'était approchée du bord de la falaise.

Comme elle tentait de dévier sa course pour s'en écarter, elle entendit, tout proche, un ricanement menaçant. Terrifiée, elle fit un pas de côté pour fuir ce rire sinistre qui s'avançait vers elle.

37

Depuis vingt-quatre heures, le recteur avait l'impression d'avoir été précipité en enfer.

Le corps de Marine avait été découvert au crépuscule par l'adjudant-chef de gendarmerie alors que, rentrant chez lui, il longeait la côte sud.

Toute la nuit, le recteur n'avait cessé de vivre en pensée la seconde horrible où Marine avait dû sentir le sol se dérober sous ses pieds, l'épouvante de la chute interminable, et l'insupportable douleur des membres écartelés et de la tête qui éclate.

Puis l'aube s'était levée, anormalement froide. Le recteur s'était dit que le jour des morts, cette année, ne serait pareil à aucun autre. Il avait passé un long moment à l'église, tentant de trouver un apaisement dans la prière. Après avoir célébré la messe devant une église presque vide, il avait déjeuné sans appétit, d'un morceau de viande froide et d'une tasse de café.

En début d'après-midi, Renée Bloch avait frappé à la porte du presbytère.

— Mon patron voudrait vous voir, avait-elle déclaré. Il est dans la peine, il a besoin de vous...

Il l'avait suivie, et maintenant il se trouvait dans la chaleur du fortin, devant un feu du diable, face au visage torturé et aux yeux étincelants de l'énigmatique Romain Gauthier.

Il accepta avec plaisir le verre d'alcool que lui proposa son hôte, puis attendit les confidences de ce dernier.

Après un long silence, Romain Gauthier se mit enfin à parler. Il raconta son amour pour Élise et le drame qui l'avait amené à s'installer sur l'île. Il expliqua comment la venue d'Alexis Lambert — qui avait connu Élise — l'avait longtemps intrigué, jusqu'à ce qu'il en comprît enfin la raison : le jeune homme était convaincu qu'il avait assassiné son amie !

L'écrivain se tut un instant puis, s'emparant du verre auquel il n'avait pas encore touché, reprit, changeant de sujet de façon un peu déconcertante :

— Le passé présente assez peu d'intérêt, mais il vous aidera à comprendre ma situation actuelle. Pour le réprouvé que je suis, l'amitié de la petite aveugle était une bénédiction. C'est pourquoi je m'étais attaché à elle... Elle vous l'avait peut-être dit ?

— Un peu... Très peu, en fait. Marine savait garder les confidences. J'ai encore peine à croire...

— N'est-ce pas ? Pour moi aussi elle est toujours là...

Romain Gauthier se leva et s'approcha de l'âtre pour y déposer une bûche qui cracha une vapeur verdâtre en soupirant, puis il se rassit pesamment.

— Mais je m'égare... Ce n'est pas pour parler de Marine que je vous ai demandé de venir. J'ai besoin d'un conseil.

Romain Gauthier évoqua la visite qu'il avait reçue le matin même : celle de l'adjudant-chef, avec une histoire rocambolesque de drogue découverte au pied du fortin, enveloppée dans du papier kraft qui, enquête faite à Paris, avait précédemment servi à envoyer un paquet... à lui, Romain Gauthier !

— L'affaire en soi était déjà déplaisante, ajouta l'écrivain en se penchant pour tisonner le feu avec nervosité. Mais le gendarme n'en est pas resté là ! Lorsqu'elle est tombée de la falaise, la petite Marine portait autour du cou une écharpe reconnue — par qui ? Renée ? Dédé ? — comme m'appartenant. De là à en conclure que Marine, qui venait souvent ici, avait soupçonné le trafic d'héroïne auquel je me serais livré... et que redoutant qu'elle me dénonce, je l'avais poussée du haut de la falaise après avoir tenté de l'étrangler avec mon écharpe... Il faut ajouter que, au moment où on pense que Marine est morte, j'étais seul au fortin... sans alibi, donc.

Le recteur s'apprêtait à parler, mais l'écrivain l'arrêta d'un geste autoritaire.

— J'ai réfléchi à cette accumulation de faits étranges. La drogue avait été emballée dans une enveloppe provenant de mon éditeur parisien : sans doute par quelqu'un qui, pour me nuire, s'était procuré un emballage pris chez moi. Je vois mal Renée ou Dédé dans ce rôle, encore que Dédé... Mais je doute que ce pauvre diable soit assez astucieux pour imaginer un tel stratagème. Or il se trouve que j'ai offert un de mes livres à mon voisin — et c'est là que le jeune Lambert réapparaît dans mon histoire —, livre que j'avais enveloppé dans un vieil emballage provenant de mon fouillis...

— Je vais ajouter de l'eau à votre...

— Attendez, laissez-moi terminer ! coupa Romain Gauthier en levant la main. Voici ma thèse : Lambert a aimé follement Élise, contrairement à ses grandes protestations d'amitié fraternelle. Traumatisé par sa mort, il a bâti un roman : je l'avais tuée et il avait pour mission de la venger. Dans ce but il est venu s'installer à deux pas d'ici. Désespérant de pouvoir jamais rien prouver contre moi — et pour cause ! —, il a eu l'idée de me compromettre dans une affaire de drogue. Il savait que je ne trouverais personne pour me défendre, sur cette île où mon isolement m'a rendu impopulaire.

— L'hypothèse n'est peut-être pas aussi saugrenue qu'elle pourrait le paraître. Il reste cependant à expliquer la mort de Marine...

— Un accident, probablement. Provoqué, peut-être, mais sans intention criminelle... Cette fameuse écharpe censée m'appartenir, je l'avais donnée à Dédé quelques jours auparavant. Ce malheureux s'était amouraché de Marine. Il connaissait son amitié pour moi, il a dû s'imaginer pouvoir la séduire en se *déguisant* avec mon odeur. Marine aura pris peur en le reconnaissant, elle aura couru. Dédé l'aura poursuivie... et l'accident se sera produit.

Le recteur admit que, là encore, l'écrivain avait peut-être mis le doigt sur la vérité. Il soupira.

— Pauvre petite... La mort est rarement sublime, mais cette chute dans les rochers, en pleine jeunesse et pour un motif aussi pitoyable... Cependant Dédé est à plaindre, lui aussi, d'une certaine manière.

— Sans doute. Seulement, en attendant qu'il se décide à reconnaître les faits, je suis suspect. Comment puis-je me disculper sans l'accuser ? Avez-vous une idée, monsieur le Recteur ?

— Pour l'instant, il me semble que vous ne devriez rien tenter. On finira bien par découvrir qui a déposé la drogue ou qui devait la prendre, et cela suffira sans doute à vous disculper.

Le recteur se leva.

— À mon tour, je vais vous confier

quelque chose, commença-t-il en se mettant à faire les cent pas derrière le fauteuil de Romain Gauthier. C'est moi qui ai révélé aux gendarmes la présence du paquet suspect dans la grotte.

— Initiative dont vous pouvez être fier ! ricana l'écrivain.

— J'en suis navré... Je l'avais découvert lors d'une expédition dans les rochers à la recherche d'un nid d'oiseau. Et devinez qui m'avait envoyé — de façon habile et détournée, bien sûr — dans les rochers ? Votre jeune voisin !

— Vous voyez bien ! Par quelque bout qu'on prenne l'écheveau, on aboutit toujours au jeune Lambert !

— Apparemment... sauf que lorsque je lui ai parlé de ma découverte, sa stupéfaction m'a semblé tout à fait sincère.

Romain Gauthier haussa les épaules.

— Pourtant je ne vois pas qui se serait introduit ici pour se procurer un papier d'emballage provenant de mon éditeur...

Le recteur se rassit, approcha son fauteuil de celui de l'écrivain et reprit, à voix plus basse :

— J'ai une théorie, que Marine m'a soufflée sans le savoir... Marine avait, de par son handicap, une perception tout à fait particulière du monde qui nous entoure. Chose extraordinaire pour une aveugle — qui cependant avait gardé le souvenir des couleurs, puisqu'elle n'était pas née aveugle —, elle discernait l'aura des êtres, cette espèce de corps immatériel qui les entoure, et dont la couleur peut se modifier selon leur développement spirituel ou leur état de santé. Ainsi, elle me disait : *Mme X. n'est pas en forme, elle est toute grise*, ou : *Vous intimidez M. Y., il est d'un drôle de jaune lorsqu'il vous parle...* De la même façon, elle attribuait des couleurs aux voix.

— Je sais. Sa vision des choses, pour insolite qu'elle parût, atteignait toujours leur vérité profonde.

— Or, elle m'a raconté à au moins deux reprises qu'Alexis Lambert avait changé en quelques instants. Comme si soudain quelqu'un d'autre avait pris sa place, quelqu'un dont la voix avait une tout autre couleur. Moi-même, lorsqu'il m'a parlé du grand cormoran, j'ai trouvé son élocution étrange : rapide, presque mécanique, elle lui donnait l'air d'un automate... À certains moments, il a une apparence un peu souffreteuse, timide, plutôt gentille. À d'autres, il se montre d'une insupportable vanité. Même sa démarche se modifie parfois de façon surprenante.

— Une personnalité ambiguë...

— Ambiguë ? répéta le recteur. Je serais tenté d'aller beaucoup plus loin. N'oubliez pas que, toujours selon Marine, l'aura d'Alexis Lambert pouvait se modifier totalement... Le cas est rare, mais il existe : je suis arrivé à la quasi-certitude que ce jeune homme a une double personnalité. L'une, douce, un peu efféminée, dessine à ravir et ne ferait pas de mal à une mouche. L'autre est nerveuse, vindicative : c'est en quelque sorte le dragon qui garde la porte de la belle. L'Alexis Lambert qui dessine et qui rêve — la belle — ignore l'existence du dragon. Il n'est ni heureux ni tout à fait malheureux. Simplement, de temps à autre, il se sent oppressé, comme en prison, il éprouve le désir de se libérer... mais se libérer de quoi ?... L'autre — le dragon — est la plupart du temps en sommeil. Mais dès que la tranquillité psychologique d'Alexis est menacée — dès que quelqu'un apparaît à la porte de l'antre —, cet *autre* est capable de tout. De compromettre un homme qu'il déteste, par exemple, et dont l'éloignement serait nécessaire à la sérénité d'Alexis.

— Ce qui expliquerait sa surprise lorsque vous lui avez parlé du paquet découvert dans la grotte. Car, si je vous suis bien, Alexis ignore l'existence du dragon... Cela semble presque rocambolesque !

— Mais c'est tout à fait possible ! Pour être rarissimes, les véritables cas de double personnalité où l'une domine totalement l'autre existent réellement. Bien sûr, les cas moins *parfaits*, si on peut dire, sont plus fréquents... Je pense par exemple à un Robert Schumann, ou encore...

Romain Gauthier frappa dans ses mains, saisi.

— Savez-vous ce que vous venez de me rappeler ? Un jour que Lambert était chez moi, l'envie m'a pris de mettre de la musique. Un concerto de Schumann, mon compositeur préféré... Lambert, soudain mal à l'aise, est parti en bredouillant une vague excuse. Il a littéralement pris la fuite. Se peut-il que cette musique hantée par le thème du double l'ait renvoyé à sa réalité intérieure ?

— Pourquoi pas ? Tout cela ne résout d'ailleurs pas votre problème. Me voyez-vous aller dire à l'adjudant-chef qu'Alexis Lambert a dissimulé de la drogue pour vous nuire, mais qu'Alexis Lambert, dans le même temps, est innocent ? Pensez-vous que notre brave gendarme serait accessible à mes explications psychanalytiques ?

Le recteur s'aperçut que Romain Gauthier ne l'écoutait plus. Il avait fermé les yeux et ses lèvres s'agitaient doucement. Le silence n'était plus troublé que par le crépitement des flammes.

38

Bien avant le crépuscule, Alexis se leva pour fermer les volets et allumer une cigarette, puis il se remit au lit, tentant à grand-peine de se remémorer les faits et gestes qu'il avait accomplis durant les dernières heures.

Après le départ du recteur il était allé se coucher, troublé par cette visite, et s'était endormi aussitôt. Pourquoi, alors, s'était-il réveillé tout habillé ? Il se leva pour examiner ses chaussures. Entre le talon et la semelle se trouvait un peu de boue encore humide. Il fallait donc croire qu'il était sorti sans en garder le souvenir. Il avait dû également se préparer à manger, car il se sentait rassasié comme après un repas plantureux. Le recteur était-il venu le voir dans l'après-midi, ou la veille ? Il n'en avait pas la moindre idée. Il avait perdu toute notion du temps.

Il éprouvait une telle impression d'épuisement que tous ces détails lui semblèrent tout à coup sans importance. Anesthésié par la rumeur de la tempête, il s'assoupit, un sourire sur les lèvres. C'était presque amusant, cette idée qu'il pouvait jouer à cache-cache avec lui-même.

Il se dressa soudain dans son lit. La tempête, qui avait redoublé, semblait faire trembler la maison sur ses bases. Il tendit l'oreille, cherchant à déceler le bruit qui l'avait réveillé en sursaut. En vain.

Mais soudain, au milieu des hurlements du vent, des grincements des arbres et de l'appel intermittent de la sirène de brume, il crut entendre un bruit différent, le craquement d'une porte qu'on pousse avec précaution. Il pensa aussitôt à la porte-fenêtre de la cuisine, dont les volets avaient été engloutis par le massif d'hortensias. Les carreaux à demi masqués par les énormes fleurs aux teintes de velours semblaient à l'abri de toute intrusion. Il devait être possible, cependant, de se glisser entre les branches... Alexis imagina la scène. Une ombre se profilait derrière la croisée, une main puissante s'avançait et, d'une poussée précise et énergique, enfonçait le battant vermoulu...

Alexis appuya sur l'interrupteur de la lampe de chevet, sans résultat. La tempête avait coupé des câbles électriques. La tempête, ou Romain Gauthier ? Il tâtonna à la recherche de la lampe de poche qui ne le quittait pas, l'alluma et s'assit au bord de son lit, grelottant. La lumière était à peine plus rassurante que l'obscurité. Que faire ? Pousser son lit en travers de la porte pour empêcher l'intrus de pénétrer dans sa chambre ? L'idée de rester enfermé dans cette pièce le terrifiait. Il se voyait prisonnier du monstre pendant des jours, mourant de faim. Il croyait déjà voir une coulée d'essence s'insinuant sous la porte, entendre le craquement d'une allumette... Mieux valait fuir. Avec mille précautions, il alla entrouvrir la porte, et progressa sans bruit dans le salon.

Une lueur tremblait sous le haut plafond de l'entrée. Alexis éteignit sa lampe et continua à avancer.

Ce qu'il vit alors le remplit de terreur. Éclairée par un halo orangé, une silhouette difforme s'approchait qui, dans cette demi-obscurité, ressemblait à un dragon menaçant.

De peur, Alexis lâcha sa lampe. Alors le dragon se précipita sur lui en criant.

— Vous avez tué la petite ! Vous m'avez empêché de lui parler et vous l'avez poussée de la falaise ! Assassin ! Je vais vous tuer !

Alexis reconnut Dédé, et il comprit que sa vie était en danger. Dédé croyait que c'était lui qui avait poussé Marine et, aveuglé par sa folle passion pour la jeune fille, il avait décidé de la venger. Alexis se mit à trembler. Il allait mourir par erreur, payer pour un crime qu'il n'avait pas commis, tandis que Romain Gauthier continuerait à vivre. « Au secours ! » hurla-t-il à l'intérieur de lui-même. Mais aucun son ne franchit ses lèvres.

Alors soudain il eut une hallucination. Quelqu'un se trouvait à côté de lui, un être fort qui avait son visage. Cet homme s'avançait vers Dédé, posait une main sur son épaule et se mettait à lui parler, d'une voix rapide et forte, en fixant le débile dans les yeux.

— Vous vous trompez, disait-il. Ce n'est pas moi qui l'ai tuée. Je vais tout vous expliquer.

Mais bien sûr tout cela n'était qu'un rêve. Dédé n'avait jamais pénétré dans la maison. Alexis le comprit lorsqu'il se réveilla quelques instants plus tard. Il se trouvait dans son lit. Il ne l'avait pas quitté de la soirée.

39

Après le départ du recteur, Romain Gauthier s'était plongé dans les ouvrages de psychologie de sa bibliothèque. Il en avait tiré la conviction que le prêtre avait vu juste. Lambert était schizophrène au dernier degré, capable de commettre, en état de dédoublement, des actes qu'il oubliait dès qu'il retrouvait sa personnalité habituelle. Mais Romain Gauthier allait plus loin encore : le personnage qui avait dissimulé la drogue de sorte que son ennemi fût compromis ne s'était pas contenté de cet acte presque anodin. Il avait également poussé Marine du haut de la falaise, peut-être parce que la jeune fille l'avait percé à jour. De même qu'il avait tué Élise pour quelque obscure raison, probablement parce qu'elle l'avait repoussé.

Cela, Romain Gauthier l'avait compris lorsqu'il était retourné à la maison et qu'il avait revu le trompe-l'œil. Lors de sa première visite, la morte portait des jeans. Pourquoi Lambert l'avait-il ensuite revêtue d'une robe bleue ? Intrigué, Romain Gauthier avait réussi, après plusieurs coups de téléphone à des amis journalistes, à découvrir qu'Élise, lorsqu'on l'avait trouvée morte, portait une robe bleue. Elle s'était donc changée entre le moment où Romain Gauthier l'avait quittée et celui où elle était morte. Mais cela, aucun journal ne l'avait mentionné. Alors comment Lambert, qui prétendait avoir quitté Élise en jeans, eût-il pu le savoir s'il n'était pas revenu plus tard pour la tuer ?

Ce même jour, dans la salle de jeux, Romain Gauthier avait fait une autre découverte : Lambert signait ses livres pour enfants *Sacha* — Sacha, l'équivalent russe d'Alexis. Le jeune homme qu'Élise redoutait, et dont Romain Gauthier avait oublié le prénom, n'était autre que Lambert !

D'ailleurs, puisqu'elle devait prêter son appartement au jeune homme pour le week-end, elle avait dû lui remettre un double de ses clés. À tout moment, durant ce tragique après-midi, il avait pu s'introduire chez elle et, la prenant par surprise, la pousser dans l'escalier.

Cette théorie se transformait en évidence si on considérait la double personnalité d'Alexis Lambert. L'un des personnages qui l'habitaient avait aimé Élise, s'était convaincu que Romain Gauthier l'avait tuée, était venu dans l'espoir d'accomplir une vengeance. *L'autre*, ne supportant pas qu'Élise en aime un autre, l'avait tuée. Ensuite, il n'avait cessé de veiller à ce que la vérité ne se fasse pas jour. C'était *l'autre* qui avait rompu le contact avec Romain Gauthier. C'était *l'autre* qui, étant tombé par hasard sur le paquet de drogue, l'avait placé de façon à faire accuser son ennemi. C'était *l'autre*, enfin, qui avait poussé Marine.

Fort de cette certitude, Romain Gauthier pouvait tenter de se disculper auprès de l'adjudant-chef. Mais ce ne serait pas facile, et d'ailleurs cela ne lui semblait tout à coup plus d'une si grande importance. Une seule chose comptait : il savait enfin comment Élise était morte, il était certain maintenant de ne pas l'avoir conduite au suicide.

Le vent s'engouffrait dans la cheminée, repoussait dans la pièce la fumée du feu mourant. Pour couvrir la rumeur de la tempête, Romain Gauthier mit sur la platine le concerto pour piano de Schumann, monta le son et alla s'allonger sur le divan de son bureau, si las que, malgré la passion violente qui se déchaînait dans cette œuvre, il s'endormit.

Lorsqu'il reprit conscience, ce fut avec ce sentiment étrange, entre sommeil et veille, que son esprit ne commandait plus à son corps, devenu tout à coup d'un poids colossal. La musique s'était tue, la fureur du vent s'était encore accrue. Il tenta de fermer ses oreilles à ce souffle obsédant, mais il lui sembla soudain que celui-ci se rapprochait, devenu semblable à une respiration humaine. Cette impression désagréable acheva de le réveiller et il ouvrit les yeux.

Il vit alors un corps monstrueux penché au-dessus de lui, deux pupilles tournoyant, folles, dans leurs orbites. Il voulut se redresser, mais deux mains enserrèrent son cou tandis que le mastodonte s'abattait sur lui dans un bégaiement incompréhensible.

Son agonie fut brève. Il n'eut que le temps d'un regret et d'une joie : regret de ne pas comprendre pourquoi il mourait, joie de voir la fin de ses souffrances, et de savoir qu'il allait retrouver Élise.

40

Plus d'un mois avait passé, qu'Alexis avait consacré à un labeur intense, dessinant des heures durant dans une tension intolérable, après quoi il dormait parfois des journées entières. Tout ce qui n'était pas son travail lui échappait. Ce n'était qu'en retrouvant le garde-manger plein, ou ses vêtements humides, qu'il devinait être sorti de la maison. Mais les gestes quotidiens se mêlaient dans son souvenir comme s'il les avait accomplis en état de somnambulisme. Était-ce cela, le génie ? C'était en tout cas une expérience pénible, et il était soulagé d'arriver au bout de sa tâche.

Les dernières planches lui avaient coûté un effort surhumain. Il avait le sentiment que plus jamais il ne pourrait dessiner, pas plus qu'il n'aurait la force de continuer à vivre. Ses maux de tête étaient devenus constants, l'obligeant à tout instant à abandonner ses pinceaux pour s'allonger et fermer les yeux. Mais alors c'était pire, car il avait l'effroyable sensation que son crâne se fendait en deux. Il se tenait la tête à deux mains en gémissant et serrait, serrait, mais la fente continuait à s'élargir et son cerveau éclatait en mille particules qui allaient s'écraser sur les murs de la chambre. Alors il s'évanouissait pour ne reprendre conscience que des heures plus tard, parfois au milieu de la nuit, sans plus savoir où il se trouvait.

Il était persuadé d'être gravement malade, nourrissant cependant le vague espoir que son état s'améliorerait lorsqu'il quitterait l'île. Ce lieu faussement enchanteur était maléfique, les faits l'avaient prouvé.

Marine était morte, et la mort de cet être innocent était bien la preuve que l'endroit était maudit. Romain Gauthier était mort, lui aussi, et le malheureux Dédé, qui s'était chargé à la place d'Alexis de lui faire expier ses fautes, s'était pendu. Au moins Élise était-elle vengée. La tâche était donc accomplie, et il n'avait plus aucune raison de rester davantage.

Aujourd'hui l'hiver était là, glacial, et l'immense maison ressemblait à un mausolée abandonné. Alexis n'avait qu'une envie : fuir au plus vite. Il commença ses préparatifs de départ, puis soudain ses forces l'abandonnèrent. Il se sentait impuissant à s'arracher à l'emprise de l'île. Il eût aimé que quelqu'un apparût soudain pour le délivrer.

Il se coucha et il attendit.

41

Depuis des jours, il gelait à faire éclater les pierres des tombeaux. Le froid avait plongé l'île dans une léthargie qui ressemblait presque à une sorte de sérénité, après la tourmente des semaines précédentes. Un jour, en fin d'après-midi, le recteur décida de rendre visite à Alexis Lambert.

Il trouva la porte de la maison grande ouverte et, n'ayant pas obtenu de réponse à son appel, il s'avança à l'intérieur. Devant la porte de la cuisine étaient entassés cartons et valises. Le recteur était sur le point de renoncer, lorsqu'il entendit un éclat de rire provenant du premier étage. L'étrangeté de ce rire l'attira dans l'escalier.

Tout en gravissant les marches, il appela à nouveau :

— Alexis ? Je vous dérange peut-être ?

Une voix métallique lui répondit :

— Alexis ? De qui parlez-vous ? Il y a beau temps qu'Alexis a décampé !

Le recteur s'immobilisa, stupéfait. Quelle était cette voix ? Qui était venu s'installer dans cette maison ? Qu'était-il advenu d'Alexis ?

Il y eut un grincement, comme celui d'un rideau glissant sur une tringle, puis la porte qui faisait face à l'escalier s'ouvrit et Alexis Lambert apparut, le sourire aux lèvres.

— Excusez-moi, dit le jeune homme, j'avais la tête ailleurs... Comme vous le voyez, je suis sur le point de partir. Pas mécontent de quitter cette maison à courants d'air ! Mes bagages sont terminés, j'attends Pochic et son tracteur. Mais je suis en avance : asseyons-nous au salon quelques instants. Malheureusement, je ne peux vous offrir quoi que ce soit à boire.

Il rejoignit le recteur dans l'escalier et, d'un grand geste du bras, l'invita à le suivre.

Le prêtre eut bientôt confirmation de ses soupçons. Il avait devant lui le dragon veillant à l'entrée de la grotte. Il se sentait épié par un regard fiévreux qui ne le quittait pas. À plusieurs reprises, il tenta de reparler des événements qui avaient troublé la paix de l'île, mais toujours Alexis éludait les questions.

— Je ne vis que pour mon œuvre et rien d'autre ne m'intéresse, déclara finalement le jeune homme avec impatience. La vie de Romain Gauthier avait croisé la mienne dans le passé, et j'ai été tenté en le retrouvant ici d'éclaircir certains points obscurs. Tout cela était vain, je m'en rends compte. Seuls le présent et l'avenir comptent, n'est-ce pas ?

Le recteur comprit qu'il ne tirerait rien d'autre d'Alexis Lambert. Il fit cependant une ultime tentative :

— Certains êtres sont poursuivis par le destin. Comme si Romain Gauthier n'avait pas assez souffert, il a fallu qu'au moment où il allait mourir dans la violence, quelqu'un essaie de le compromettre dans une sordide affaire de drogue. Je me demande qui pouvait le détester à ce point.

Mais on entendit à ce moment le vrombissement d'un moteur. Alexis bondit sur ses pieds.

— Voilà Pochic. Vous ne m'en voudrez pas de vous abandonner...

Comme ils sortaient de la maison, un oiseau au plumage sombre traversa l'horizon.

— Le grand cormoran qui me fait ses adieux ! s'exclama Alexis en éclatant de rire.

Le recteur aida Pochic à charger les bagages, mais le tracteur s'éloigna sans que le jeune homme l'eût même remercié, et le prêtre s'en retourna, luttant contre le vent qui s'engouffrait dans sa soutane.

Te voilà remis à ta place, se dit-il avec ironie. Tu sauras maintenant qu'on ne peut aider les gens malgré eux, et que chacun a droit à sa zone d'ombre...

Qu'importait, après tout ? Si Alexis Lambert avait besoin du masque du dragon pour survivre, qui était-il pour vouloir l'en empêcher ?

Comme le recteur arrivait en vue du presbytère, le soleil fut caché par un nuage, et l'instant d'après la nuit était tombée. Le pinceau lumineux du phare balaya l'île, immuable. La vie continuait.

42

Cette sombre histoire était enfin terminée, mais le soulagement d'Arielle se teintait de désillusion. Abstraction faite des jours pénibles qui avaient suivi la mort de Marine, l'excitation ressentie durant ces dernières semaines allait lui manquer. La vie allait reprendre, exactement semblable à ce qu'elle avait toujours été, désespérante d'ennui : la grand-mère, le lycée... et quelles perspectives ? Pourquoi les rêves ne se réalisaient-ils jamais ? Aussi fou qu'il fût, cet Alexis Lambert avait au moins une vie exaltante d'artiste...

Au début, son installation dans la maison avait gêné Arielle. Elle avait craint qu'il ne découvre son activité. Passer de la drogue était un gagne-pain comme un autre, auquel elle n'avait pas l'intention de renoncer. Elle allait avoir besoin de beaucoup d'argent pour quitter l'île et devenir une star...

Le jour où elle était allée récupérer le dernier paquet dans la maison, elle avait eu très peur lorsque Lambert l'avait surprise près de la porte... Sa peur s'était transformée en panique lorsqu'il lui avait annoncé qu'il était venu sur l'île pour démasquer l'assassin d'une danseuse... Car cette danseuse, bien sûr, ne pouvait être qu'Élise !

Arielle, cependant, s'était bien vite rassurée. Lambert était inoffensif ! À force de l'épier, elle n'avait pas tardé à se rendre compte que ce type était à moitié fou. Tantôt il errait comme un somnambule en parlant tout seul, tantôt il se barricadait et passait des heures derrière une fenêtre, les yeux dans le vague.

Elle s'était attachée à ses pas — il ne s'en rendait même pas compte ! —, s'introduisant dans la maison en son absence pour fouiller dans ses affaires, s'efforçant d'écouter ses interminables monologues lorsqu'il errait dans le jardin. Elle avait fini par comprendre qu'il se trompait de cible. Un matin d'ailleurs, apparaissant avec un regard halluciné à la fenêtre de la cuisine, il l'avait clamé à tous vents : pour lui, Romain Gauthier était l'assassin !

Tout cela était absolument grotesque. Arielle était bien placée pour savoir qu'Élise n'avait pas été assassinée. Mais, heureusement, elle était la seule à connaître la vérité...

La jeune fille avait rencontré Élise lorsque celle-ci avait effectué des séjours sur l'île avec son ami Gauthier, et lui avait confié son rêve de devenir une star. Sans vraiment lui donner d'espoir, Élise avait admis avoir quelques relations dans le milieu du cinéma. Aussi, lorsque sa classe s'était rendue à Paris, Arielle avait emporté tout son argent, bien décidée à ne jamais remettre les pieds sur l'île. Aussitôt arrivée dans la capitale, elle était allée sonner chez Élise.

Celle-ci semblait de très mauvaise humeur, mais il en eût fallu beaucoup plus pour décourager Arielle ! La réalisation de son rêve dépendait de cette entrevue. Prête à tout, elle avait fait miroiter à Élise une forte somme d'argent en échange de son aide.

— Je ne te demande pas grand-chose ! Juste de m'introduire auprès des personnes influentes. Tu pourrais me présenter comme une cousine ou une nièce.

— Tu es vraiment naïve..., avait répondu Élise. Tu n'as pas la moindre expérience ! Tu n'espères tout de même pas qu'un producteur engage une petite provinciale qui n'est jamais montée sur une scène ?

— Au lycée, j'ai joué dans plusieurs pièces, avait rétorqué Arielle. Tout le monde dit que je suis douée ! Que j'ai ça dans le sang ! Et en plus, j'ai le physique. Mes copines m'appellent *le mannequin*.

Élise avait esquissé un vague sourire.

— Le physique... Tu t'imagines que c'est suffisant ? Tu n'as pas la moindre idée de la jungle qu'est le monde du spectacle. Surtout à Paris... Tu veux que je te dise comment cela se terminera ? Un type douteux verra en toi la proie idéale, il te promettra monts et merveilles, et tu passeras des semaines dans une minable chambre d'hôtel à attendre le rôle de ta vie. De temps en temps, il viendra s'offrir une partie de jambes en l'air avec toi et, quand il se sera lassé de ta jolie silhouette, tu n'entendras plus parler de lui ! Tu n'auras plus un sou, et tu seras obligée de rentrer en stop sur ton île...

Ce risque, Arielle ne l'ignorait pas, mais elle se sentait assez forte pour éviter tous les écueils, même si la capitale lui faisait un peu peur. Elle avait insisté :

— Ça n'arrivera pas si tu me prends sous ta protection. Pas longtemps, juste le temps que les choses se déclenchent... Je pourrais loger ici quelques jours, je dormirais sur le canapé, je ne te dérangerais pas...

Sortant de son apathie, Élise s'était levée d'un bond :

— Ah oui ? Tu as carrément l'intention de t'installer ici ? Et ma vie, à moi, qu'en fais-tu ? Je t'aime bien, Arielle, mais je te précise que mon métier est éreintant, et que la vie d'artiste ne consiste pas à traîner de cocktail en cocktail et à se faire prendre en photo... J'ai mes soucis, moi aussi, une carrière et une vie privée ! Te faire passer pour ma cousine ou pour ma nièce ? *Mais tu n'es ni ma cousine ni ma nièce !* (Apparemment confuse d'avoir crié si fort, elle s'était radoucie.) Je suis désolée, Arielle, je ne peux rien pour toi. D'ailleurs tu tombes très mal. Je viens d'avoir une scène pénible avec quelqu'un que j'aime, je ne suis absolument pas en état de t'écouter... Alors tu vas aller retrouver tes copines du lycée et retourner sur l'île. Tu y seras beaucoup mieux qu'à Paris, crois-moi !

Arielle s'était mise à trembler. Le calme d'Élise était plus décourageant que tout. Comment ébranler la jeune femme ? Arielle l'avait regardée dans les yeux.

— Je n'ai pas la moindre intention de repartir avec mes copines, et je suis fermement décidée à rester ici jusqu'à ce que tu fasses quelque chose pour moi. Ne serait-ce que donner un coup de téléphone... Un coup de téléphone, ce n'est tout de même pas la mer à boire ! Tu appelles quelqu'un, tu me recommandes, tu m'arranges un rendez-vous et je te promets de ne plus jamais t'ennuyer.

Élise avait soupiré comme une mère fatiguée des caprices de son enfant, et, sans daigner répondre, sans même regarder Arielle, elle avait monté lentement les marches du petit escalier qui conduisait à sa chambre. Des ressorts avaient grincé, puis un silence lourd avait envahi le petit appartement. Élise avait dû s'asseoir ou s'allonger sur son lit, résolue à attendre que sa visiteuse se résigne à partir. Arielle avait très chaud. Elle avait presque l'impression d'entendre résonner, dans le silence moite, le battement du sang dans ses artères.

Au bout d'un long moment, ne sachant comment sortir de cette situation de plus en plus ridicule, elle avait décidé d'exaspérer Élise. Elle procédait généralement ainsi avec sa grand-mère, et elle finissait toujours par obtenir gain de cause. Elle s'était levée, avait gagné le coin cuisine et, ouvrant le réfrigérateur, avait lancé :

— Je peux prendre un jus d'orange ? Tu veux quelque chose, Élise ?

Elle avait souri en constatant que cette méthode, comme prévu, portait ses fruits. Au-dessus d'elle, il y avait eu des pas précipités. Puis la jeune danseuse, se penchant par-dessus la rampe, avait crié :

— Tu te crois déjà chez toi ? Quand est-ce que tu vas me lâcher ? Tu te prends pour qui ? Pour Marilyn Monroe ?

Arielle s'était rapprochée de l'escalier, avait levé la tête et croisé le regard d'Élise, chargé de colère. Piquée au vif, elle avait grimpé l'escalier à toute vitesse, avec une envie folle de gifler la jeune femme. Mais celle-ci ne lui en avait pas laissé le temps. À bout de nerfs, elle avait agrippé Arielle par les épaules, l'avait secouée comme un prunier en hurlant :

— Je ne veux plus te voir ! Tu vas partir immédiatement !... Tu n'es qu'une inconsciente et une orgueilleuse ! Une petite midinette de rien du tout !

Était-ce cette violence soudaine, ou la certitude qu'elle avait définitivement échoué ? Arielle avait senti les larmes lui monter aux yeux. Mais il n'était pas question de pleurer devant cette fille ! Elle s'était dégagée, avait à son tour empoigné Élise. Aveuglée par la fureur, la gorge sèche, le cœur au bord de l'éclatement, elle avait bousculé la jeune femme, l'avait poussée vers l'escalier. L'humiliation décuplait ses forces. Elle voulait jeter l'autre par terre, lui faire mal, l'humilier à son tour pour lui faire payer son refus.

Élise, soudain, avait perdu l'équilibre, et elle était tombée en arrière en poussant un tout petit cri de surprise. Son dos, en heurtant les marches, avait résonné bizarrement.

Arielle avait eu une seconde de satisfaction, aussitôt évanouie lorsqu'elle avait vu les yeux d'Élise, grands ouverts, se révulser lentement. Les deux regards étaient restés un long moment attachés l'un à l'autre, le regard mort d'Élise et celui, horrifié, d'Arielle.

Elle n'osait s'approcher du corps étalé en bas de l'escalier. Tremblant de tous ses membres, elle murmurait : « Élise ! Élise ! Ça va ? » Mais elle était sûre qu'Élise était morte.

Elle avait attendu un long moment, espérant un miracle. Finalement, elle avait descendu les marches en évitant de frôler le corps sans vie. Elle s'était glissée hors de l'appartement, avait tiré la porte derrière elle et, sur la pointe des pieds, avait quitté l'immeuble. Une fois dans la rue, elle avait peu à peu retrouvé son sang-froid.

Elle était allée rejoindre son groupe du lycée, sans même prendre la peine d'inventer une excuse pour justifier sa longue absence. Lorsqu'elle avait retrouvé l'île et son exaspérante monotonie, elle était parvenue sans trop de difficulté à repousser au fond de sa mémoire ce qui s'était passé à Paris.

Elle n'éprouvait aucun remords. Était-ce sa faute si Élise était tombée ? Si elle était morte de cette façon stupide ? Cette fille méprisante n'avait eu que ce qu'elle méritait... Elle avait réussi, elle, et, refusant de donner aux autres la moindre chance, elle se cramponnait à ce qu'elle avait acquis. Elle s'imaginait sans doute qu'elle serait toujours la meilleure... Mais elle se faisait des illusions ! Si elle n'était pas morte, elle aurait vieilli, son corps se serait alourdi, un jour elle n'aurait plus été capable de danser et des jeunes auraient pris sa place !... De toute façon, maintenant, la question de son avenir ne se posait plus. *Exit* l'orgueilleuse Élise !

Arielle se faisait forte de trouver une autre occasion de réaliser ses rêves. Elle n'avait pas la moindre intention, en tout cas, de voir sa vie gâchée par un stupide accident. Personne ne devait jamais savoir ce qui s'était passé, ce jour-là, dans l'appartement d'Élise. Pas plus Lambert que quiconque.

Elle avait donc décidé que cet empêcheur de danser en rond devait quitter l'île. Même s'il était persuadé de la culpabilité de Gauthier, il représentait un risque inacceptable. Si Gauthier parvenait à le convaincre de son innocence, ils pouvaient, à eux deux, s'approcher dangereusement de la vérité.

Mais comment l'éloigner ? Arielle avait eu l'idée, pendant une de ses absences, de modifier le trompe-l'œil de la salle de jeux pour faire apparaître Élise dans la tenue où elle était morte. Elle s'était dit qu'en découvrant le changement, Lambert se croirait devenu assez fou pour avoir peint au cours d'une crise de somnambulisme ! Et de fait, son état avait empiré de jour en jour...

Cependant il n'était pas parti pour autant, et Arielle avait regretté son idée. Gauthier, lui, n'était pas fou. S'il voyait le trompe-l'œil, il comprendrait que seul quelqu'un ayant vu Élise au moment de sa mort pouvait l'avoir peint. Il se souviendrait peut-être qu'Arielle ne cessait de harceler Élise lorsque celle-ci venait sur l'île...

Et puis Pesche s'impatientait. Lui aussi souhaitait le départ de Lambert. Il avait décrété que les abords de la maison étaient le meilleur endroit pour échanger la drogue contre l'argent, et la présence de Lambert à cet endroit précis de l'île l'exaspérait. Il s'était mis à douter qu'elle fût une coïncidence. Il avait même fini par se persuader qu'il était surveillé, et il avait décidé de tout arrêter !

Tant qu'à arrêter, Arielle avait risqué le tout pour le tout. Apprenant que le recteur avait l'intention d'explorer les rochers à la recherche du grand cormoran qui obsédait Lambert, elle y avait caché le dernier paquet de drogue, emballé dans une enveloppe prise dans la grande maison... L'étiquette portant le nom du destinataire avait été arrachée, mais le nom de l'expéditeur subsistait : les gendarmes n'auraient pas de mal à découvrir qui, sur l'île, était en rapport avec cet éditeur ! Ils arrêteraient Lambert et celui-ci, dans l'état d'égarement où il se trouvait, serait bien incapable de se défendre.

Les choses avaient tourné d'une façon totalement imprévisible. Gauthier avait été soupçonné à la place de Lambert, réduisant à néant le plan d'Arielle et lui faisant redouter que l'écrivain, dans son désir de se disculper, finisse par entrevoir la vérité.

Puis, brusquement, la situation s'était dénouée comme par miracle. La mort inattendue de Gauthier avait mis fin à l'enquête à point nommé. Personne, désormais, ne saurait ce qui s'était réellement passé.

Maintenant que Lambert était reparti à Paris, Arielle n'avait plus rien à craindre.

Il ne lui restait plus qu'à convaincre Pesche de reprendre leurs activités, et elle disposait pour cela d'un moyen très simple. Le gardien de phare aimait trop les femmes pour lui résister longtemps ! Il cèderait, ils se livreraient à nouveau au trafic qui les enrichissait tous les deux, et elle pourrait amasser un bon pécule.

Elle se donnait deux ans, pas un mois de plus, pour quitter cette maudite île et devenir une star.

ÉPILOGUE

L'air du studio est étouffant. Sous la chaleur des spots, il lui semble que le maquillage coule sur sa peau, comme un masque glissant peu à peu sur son visage, le laissant à nu.

Le présentateur accueille l'un après l'autre les invités et, lorsque son tour arrive, Alexis lève une main comme pour se protéger. Il regrette d'avoir accepté cette épreuve, lui qui est fait pour la solitude. Comme il aimerait, en cet instant, se retrouver dans la grande maison vide, sur l'île, là-bas ! Ce lieu magique lui semble maintenant appartenir à une autre existence. Quant à la vie d'avant... même le souvenir d'Élise s'est estompé, comme si la mort miraculeuse de Romain Gauthier l'avait exorcisé.

L'île a eu sur lui un effet étrange. L'a-t-elle vidé de sa substance créatrice ? Tous les travaux ébauchés au cours de l'hiver se sont révélés bons à jeter. Il n'a pas accepté une seule commande. Il a vécu terré chez lui, ne voyant personne. C'est du moins ce qu'il suppose : en fait, pas un souvenir ne lui reste de cette période dont il ne peut dire si elle a duré une éternité ou une minute.

Puis, un jour, il a reçu une lettre. Son livre sur les oiseaux avait été remarqué, et une chaîne de télévision l'invitait à participer à une émission. Alors soudain il a eu l'impression de se réveiller. Une force l'a poussé à accepter cette terrifiante perspective, et cela a été une renaissance. Il s'est remis à travailler avec frénésie et ses doigts ont retrouvé leur habileté, l'étincelle a jailli à nouveau dans son cerveau. Il était sauvé.

Maintenant il est là, engoncé dans un fauteuil, certain d'avoir choisi une tenue vestimentaire qui ne lui va pas, convaincu qu'au moment où il lui faudra parler une quinte de toux va l'empêcher d'articuler la moindre parole.

Mais peu à peu son angoisse le quitte, car une jeune femme se trouve en face de lui dont la présence lui semble rassurante. Elle est photographe. Sa voix est apaisante et douce, et tandis qu'il l'écoute il s'aperçoit que son regard a la transparence de l'eau. Lorsque vient son tour à lui de parler, il est presque serein.

En sortant du studio, cependant, il s'emmêle les pieds dans les câbles et trébuche. La femme aux yeux limpides le retient en souriant, si bien qu'ils sortent ensemble dans la rue et se retrouvent tout naturellement à une terrasse de café.

La femme ne semble pas remarquer sa timidité. Elle parle sans se lasser, de ses travaux et de ses projets. Puis, soudain, elle s'arrête.

— Je me demande pourquoi tout le monde se pâme devant mon livre. Quel mérite y a-t-il à faire de belles photos ? Il suffit de se trouver là au bon moment... Dessiner est bien autre chose... J'ai adoré votre livre, Sacha... *Sacha*, je suppose que c'est un pseudonyme ?

— Peu importe. Pour vous j'aimerais rester *Sacha*. Ma meilleure amie m'appelait ainsi. Ma mère aussi...

— Elle doit être fière de vous !

— Je l'ai perdue très jeune. Un accident idiot, une chute... Exactement comme mon amie... Vous leur ressemblez un peu. Les yeux...

Composition réalisée par NORD COMPO

IMPRIMÉ EN FRANCE PAR BRODARD ET TAUPIN
La Flèche (Sarthe).
Imp. : 16863 – Edit. : 30353 - 02/2003
ISBN : 2 - 7024 - 3082 - 1
Édition : 01